生活是有恃無恐

黃繭——著

找回自由的最小單位是「生活」，

找回自己的過程，是能讓自己「好好的」。

CONTENTS

輯一

幸福確實存在這一刻

鏡片

配好的眼鏡，鏡片本是完好無瑕，隨著時間，布滿了生活的使用痕跡，覆蓋表面的傷痕累累，間接提醒了我們，生活本是構成現實的一切，我們只能汰舊換新，卻無法抹去發生的事實。那些如常行走的假象，被分秒推著的現實，慢慢地，連我們也變成了自我厭惡的大人，模糊了未來想像。

新年期間，我搭著母親的車返家，那時身心十分疲憊，心像打了死結般，這頓飯像是提醒，絕無僅有的假期，告訴我要記得喘息。母親在我用餐後，吩咐我抽空整理房間，她計劃近幾年將房子出售，雖然不知道什麼時候要跟這個地方說再見，但我想說再見的日子應該不遠了。

聽著她的叮嚀，我奮力爬上樓，翻開積塵多年的書櫃與抽屜，成套的漫畫完好收納在書櫃，起初買時雖是二手書，卻還保持新穎。我把心愛的漫畫本本裝進回收箱，哪怕這些斷捨離出自我的意識，卻還會感到滿滿的傷心。

我思索著，未來還是會持續搬遷吧，如同旅人在沙漠中盤旋，居無定所、縹緲天涯，生活如同一個又一個的鏡片，刮痕與思念變得越來越一致，矛盾的感知也活成了一種定律，我們該如何為自己找回生活的漣漪、如何製造想念的契機——有時候我知道，卻不一定能辦到。

三年時長，說長不長，說短不短，但確實改變了我們的生活型態，疫情雖然將你我劃出距離，卻未能阻止我的生活翻新。我在這些日子裡，搬遷一個又一個定所，空間的轉換，不過是形而上的變動，但我依然相信「改變」的時光仍是有意義的，擁抱那沿路持續膨脹的勇氣，我知道，自己正在接納它。

如果說，能夠許願回到從前，我想回到歸零的起點、回到還有意願收集一切的勇氣。如果能像《跳躍吧！時空少女》的真琴一樣，縱身一躍，回到過去，修復來不及說出口的抱歉，我想要對過去的自己說一聲：「我會在未來等你。」

我會在未來等著你，所以你不要害怕這些時間刻下的不快樂，我會在未來等著你，希望你能為失敗攢好勇氣，做出不後悔的決定。當我們想要留下的東西越來越稀少，便能清楚感受到，渴望專注的未來，就會越來越清晰。

我會在未來等你，因為有人正在等你，所以你要繼續前進。

011

幸福確實存在這一刻

Butter

情緒，為它蓋上一層厚厚的奶油。

外在如何過熱，也只是融化罷了，保護的厚牆不會消失。

你努力讓自己忍住傷悲，接納懷有意圖的愛與驕縱，他們不知道你的憤怒、你的投入，那些都不是真的快樂，不過是把痛苦淹沒在無聲的吶喊之中，沒有人注意到你的崩壞。

他們總用一句「我懂你」來假裝看清，以為表面和平，就可以不必為誰的悲傷負責，你一次又一次接納融化的所有，明白他們深愛的對象，是那個拚命壓抑的你，你選擇跟自己說，沒事的，不戳破也是一種溫柔。

那些擅自「理解」的另一種說法，也可能一無所知，為了維持完好，你勉強自己擠出一抹笑容，說著沒事，卻在自己的嘴上裝下一道緘默的鎖，每當快要脫口而出，就會輕扯一下，只要感知到痛，就不會難以忍受。

我在想，一個陷落的人，如何不為柔軟活成自毀，如何俐落一走了之，他們究竟存了多少勇氣，才敢於離開被消耗的場合，果斷剪斷一切根源。回看當時不快樂，那時的我們怎麼拚命祈求，都只是渴望得到誰的認可。

知道幸福永遠不在這個人身上，選擇心死，也終究比等待快樂。

親愛的，你的傷痛不該建立在一個人的傲骨之上，哪怕真的看過對方的可愛與醜陋，你其實能夠好好放開那個為對方傷心的自己呀。

生活的聲音

好好生活，是我想像最小限度的幸福單位，也是獲得自由的必須。

脫離安定模式，開始走出不一樣的路，看似重複的行動，倘若心中有想抵達的方位，反覆的每一天，其實都只是「暫時」的決定。所有經過，都是階段性發生，學習、探索、戀愛、挫折、自我覺察，每分每秒，我們都在鍛鍊更茁壯的自己。

我很喜歡的一名日本聲優坂本真綾，她從八歲開始接觸幕後配音，十五歲正式出道，她是少數以歌手身分在武道館演出的聲優，同時也以作家身分出版了生活散文。十五歲的她，不僅事業學習兩頭燒，更在年幼之時，為自己的生涯作出了選擇，我想，那必定是很不容易的過程，要有絕對自律才能抵達的自由。

她在受訪時曾這麼回答過，能成為現在的自己，是因為不滿足於現狀，想要追求「更好」的心情，讓她克服了辛苦的過程。若沒有追求的意志，便不會有現在的坂本真綾，她比誰都感謝不斷尋求進步的自己。

我試圖想像在她八歲時踏入配音的世界，到現在步入了婚姻、誕下一子，累積逾二十五年的聲優經歷，她是如何在所愛的領域深耕，一步一步見證自己的成長，那份對職涯專注的心意，可以說是我的憧憬，也是我所期待的模樣。

步入三十代，或多或少還是會感到恐懼吧？盤旋在工作與生活之間的矛盾，如何讓生活成為生活，工作成為工作，我想還是得依附著「自由」與「自律」的完美切換，當兩者達到了平衡，生活才有可能構成彈性。

坂本真綾在專訪裡提到，對於歲數的累加有著恐懼，但她也正在好好感受這些變化，對於內心產生的嗡嗡雜音，偶爾也會淹沒生活的聲音。當我們成為大人以後，難免對跨出舒適圈感覺害怕，更擔心自己會半途而廢。年輕時，面對難以決定的事，我們很輕易就能做出放棄，隨著年齡增加，發現不能再這麼想。三十歲後的我們，真正要思考的，是如何在有限的時間裡，找到自己能貫徹心意投入的事情，人生如此有限地向前走，沒有重來的機會，仔細一想，「沒有時間」不過是人生的藉口罷了。

看著她全心全意擁抱自己作出的每一個選擇，我深信選擇背後，藏著無數的恐懼和自我懷疑，但她並沒有逃跑，反而誠實接受了眼前的挑戰，我認為那樣的勇氣，才是驅使她堅持至今的原因。當我們感覺到辛苦，就想想現在的每一個行動，是因為什麼驅動了自己，若感覺到生活失衡，就請傾聽內心的聲音。當下的我們獲得什麼、感受什麼？透過生活的聲音，檢視至今努力的原因，我們能不能像坂本真綾所說的那樣，給自己更多機會去嘗試。

活著，未必是為求財富努力，我一直相信，每個人活著，都有屬於自己存在的價值與定位。有人是為了創作，有人是為了堅守信念，有人是為了推動社會發展，每一個人各司其職，能不能好好堅持初衷，那才是最重要的動力。

生活的聲音，對一個人「活」的過程很重要，生活不全然都是美好之聲，也可能因為擠壓扭曲才得以開出璀璨的花。

辛苦的時候，就為生活創造一點儀式感吧，即使是很小很小的事。為了喜歡的人事物努力生活；旅途中探索可愛的小店；不需要排隊，就能吃到慕名許久的甜點。每一件小事，都能讓我覺得「這一刻」是幸福的，所有短暫的片刻堆積起來，今天的我，又能因為這些幸福的聲音，離幸福更近一些。

生活的聲音，透過三分鐘、五分鐘，一點一點收集編織而成的生活之歌，就像韓劇《我的出走日記》裡的美貞，她在生活裡察覺幸福的瞬間，將一切收集起來，化作支撐自己的力量。當具先生消失不再出現她的世界，無人崇拜與傾訴之下，她努力找到不再活於不幸的方法，接受自己脆弱的心，正視所有失去與改變，唯有繼續前行，未來才有可能再與具先生交集。如果我們也能像美貞一樣，藉由行動做出真實改變，不再只是裹足不前，是不是總有一天，我們也能聽見生活裡，那不間斷的幸福之聲。

有意識的改變

你是有意識的，知道距離痛苦的感覺有多近，卻還是捨不得讓自己快樂。

換了一位新的醫師，原來的醫師並沒有不好，計算距離，付出時間成本變得吃重，意識到時間有限，偶爾也會因來不及掛號，為無法掌控步調的自己，感覺到嫌惡，討厭在時間差距裡反覆拉拔，下定決心脫離惡性循環，好好出走。

從前的我，會覺得「改變」是一件不安的事，當生活模式被迫調整，難免出現不舒服的感受，倘若做出改變之後，得到了更多安心，那表示我的決定並沒有錯。換了位醫師以後，複診的步調不再匆忙，步行十五分鐘也能抵達，選擇主動拿回自主權，這讓我意識到，我們其實是有能力的，無論最初帶著何種抗拒叛逆，轉個彎，最終依然抵達相同目的地。

我想「有意識」是一種覺察，是有意願透過行為做出改變，變得快樂、變得幸福，不再被外界支配。潛意識之中長出的習慣，或多或少，是原生家庭為你種下，如果你能親手按下重放鍵，做出客觀的調整，站在旁觀的角色，意識到生命裡長出的痛，勇敢伸出手，拔除植入的根深柢固。

我特別喜歡在年末的時候，好好為自己盤點，藉由書寫釐清現狀盲點，有意識找到盲點的歸因，我在手帳寫下了「創造幸福的能力」，你還記得上一次為自己創造幸福是什麼時候嗎？奔波在多重角色間，不知不覺我們也丟失了幸福的能力，需要從生活裡，更有意識地篩選「幸福」，因為沒有任何一種幸福，是從無端裡長出，每一種幸福，其實都與我們作出的每一個選擇，息息相關。

長久以來，我們努力滿足了他人期待，為了避免被訓斥，勉強自己完成不喜歡的事，忽略的作為，讓我們放棄思考「自我」，漸漸地畏懼表達，為了填補他人定義的完美主義，追求的都不是我們所望。堆疊於身上的讚美，有時成為了一種無形詛咒，破除以後，自卑會回彈，憤怒無端湧上，生活裡壓抑的一切無所不在，但其實，你能自己拿回主控權。

你知道嗎？負面其實是會傳染的，過於脆弱的信念，有時會變成自卑的溫床。

我喜歡王道漫畫裡的主角，知道自己還不夠強，卻有著成為英雄的嚮往，冒險的路上，相遇的人事物越來越多，尋找到共同前進的夥伴，肩並著肩，創造出更強大的力量，當我們的目標相同，就有機會一同變得強韌，每一次失敗、哭泣，都是長出力量的練習。

每個人其實都是生活裡的主角，製造衝突、磨難、創造幸福，而日常為我們設下難關，都是為了鍊出更柔韌的力量，允許自己走過不舒服的路，邁向平坦。我聽過「逃避可恥，但有用」這句話，再強大的主角，也有被擊毀的時候，沒有誰是真正的救世英雄，英雄也是從凡人的脆弱裡長出來的人，能夠成為真正的英雄，是有著頑強的信念、也有逃避的勇氣，遇到難以面對的時刻，逃避也是一種解法，等我們準備好心態面對，便能帶著過去經驗，勇敢改變。

主動拿回權利，不只因為我們想成為生命的主控者，改變前，我願意給自己適應期，捨棄之前，我們是有能力靠近苦痛的，正因為曾經靠近過，才選擇了逃避的決定。每一次翻越苦痛，都不忘為自己設下停損，當身心超越負載，願意給出不勉強、不犧牲，不把感受放到最後的選擇。

若想真正變得幸福，得先創造機會讓自己變得幸福，清楚分辨「想要」與「不想要」，知道什麼樣的選擇，能讓我們距離意願更近一些，你要記得，這一生能讓自己快樂的人，都不是別人，你就是生活裡最重要的存在。

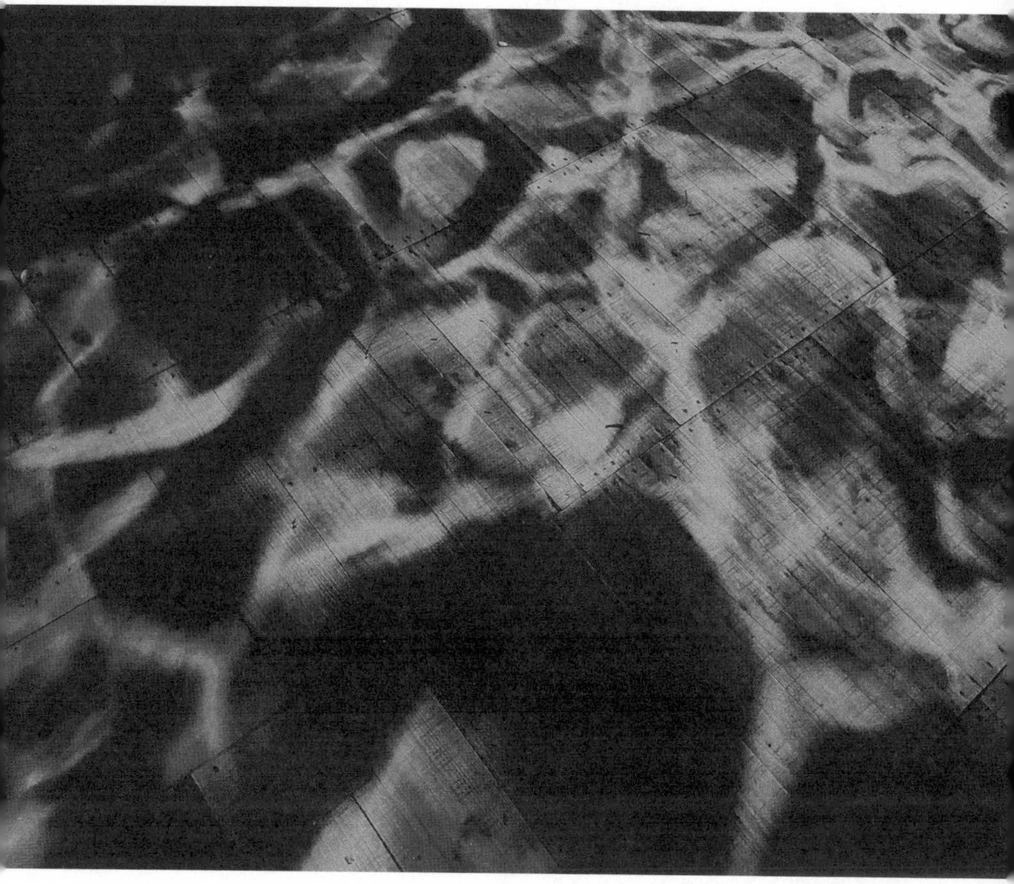

023

幸福確實存在這一刻

慢生活

早晨醒來第一件事情，是為自己倒一杯溫水。搬到新家，「喝一杯水」成了我的開機儀式。

我會把小小的地瓜，拿出來削一削，接著加上一個乳酪捲，倒入一點點的白開水，丟進電鍋裡蒸。每次打開冰箱把手，總讓我忍不住聯想到 YouTuber 拍攝 Vlog 的畫面，打開冰箱往內瞧一瞧，想一想，今天要吃什麼才好？

就這樣，從建立儀式感為自己展開一天。

新家是一間 Share House，總共住著五個人，我們分別來自不同的產業，金融、採購、媒體、業務，每個人都有屬於自己的生活方式，偶爾聚在一起玩撲克牌、吃火鍋，必要時互不打擾，我覺得這份寧靜與尊重很美好。

住進這個家，終於開始添購家電設備，慢慢的，購買家電變成了我的歸屬感行動之一，除濕機、蒸氣燙衣機、不沾鍋、琺瑯鍋、餐盤……終於找到了小小的安身之地，不再只是維持想要離開的恐懼。

下一次搬遷會是什麼時候？我不確定。

雖然不確定，可是我喜歡坐在大廳飯桌，點上香氛蠟燭，放著Lo-fi音樂，當我想療癒自己，就用琺瑯鍋煮一杯拿鐵。因為疫情，外出遠行的記憶變得相當稀有，逛起超市的頻率反倒變多，開始養成觀察每間超市的品質，蔬果的擺放位置、價格，全都牢牢記在腦海，這讓我感覺到自己在生活裡踏實行走，採買、下廚、擺盤、洗碗……不再是保有距離的事，能夠擁有一個廚房，像擁有了一個家。如果有一天，當我擁有伴侶，我也想跟他一起在那個家，共建歸屬感。

跨年期間，室友各自返家，我一人守在家，偶爾叫外送。時間若是充裕，我喜歡親手下廚。那為我的生活增添了不少成就感，我特別喜歡吃花枝丸，口感彈嫩，咬起來有著小小幸福，室友在跨年前特別為我帶來了滿滿的花枝丸，被在乎的感覺真的好溫暖。我很喜歡這種小小的舉動，充滿了窩心，無形之中為我補充了能量。

觀察到近幾年城市的組成，不再只限於獨居、夫妻、家人作為選項，對象可能會是未婚的伴侶、好友、同事，你能從他們身上習得新的生活方法。我們究竟是來自不同家庭，怎麼看待一件事情，多元觀點更是流動，我相信「友情愛」、「幸福共居」會是新世代的樣貌。

共居能讓我們從另一個人的身上，看見更寬廣的視野，有機會吸收更多生活知識，相信這些相處皆不離「尊重」為前提，每一次靠近，建立在信任之上。有時你並不曉得，為什麼有些人，生活習慣就是無法吻合；這些對象，可能包括戀人、多年好友，隨機組成的室友，不再只是單一對象的問題。

共居有時也能讓我們看見自己的界線，究竟允許和不允許什麼？又或者什麼樣的對象更適合我們。如何從陌生裡長出信任，一旦少了時間與尊重，從中也可能衍生出誤會與惡意、唐突叨擾，許許多多因無法達成生活共識而長出的死結，當一個人的生活原則被打亂，慢生活恐怕也不復存在，少了包容、體貼、著想，關係越來越惡化。

共居之間，你要如何做到保有自己？又要如何建立良好的關係？也許我們是該學會先行觀察，看見對方的真正需求，習慣什麼時間點起床入睡，養成使用浴室的默契，遇上問題的時候，誰願意成為先開口的人，又或者能不能一起平靜討論？我相信所有的慢生活裡，始終少不了讓另一個人陪著你磨合。

有時候，慢生活不只是自己給自己，可能在那個生活裡，包含更多能讓你變得幸福的人。

喝水

相較疫情前半嚴重擴散，我是後期才染病，身體一向不太好的我，抵抗力時常處於低下，被稱為藥罐子大全的我，一染病就是臥床不起，當時感覺我的肺都要從嘴裡咳出，這輩子除了胃食道逆流，好久沒咳成無能為力的病人。

對於生病，我一向小心翼翼，回到家第一件事情就是洗手，更別說日日拿著酒精擦拭手機、鑰匙包，尚未明令頒布戴口罩之前，我早已維持這些習慣，當我得知自己染上疫病，除了自責，也對自己的不小心有著不諒解。

這場大病對我來說是很重要的經過，倒地不起的病日，唯一讓我感受到救贖的是咳到不能自已的當下，終於乖乖喝上一杯又一杯熱水，認真補充維他命、苦到心坎的中藥，暫時戒除大魚大肉，只喝清湯、飯粥，更甚至進食幾口就倒地昏睡，當下感覺身體很重，腦袋很燒，我吞了一顆又一顆的退燒藥，明明已是乖乖注射三劑，卻沒想過中標的下場，還是如此壯烈。

我一直都好討厭水的苦澀，即便懂得水對身體有多麼好，卻很少有機會體驗它的神奇之處，直到這場大病，才覺察水在身體扮演了如此重要的角色。迎接這場大病的前夕，我的身心狀態奇差無比，指頭、指緣、嘴角，口內，都不斷提醒我——「喂！發炎了！」

這些發炎的警訊，暗示我身體的抵抗力來到了低點，我卻選擇無視，或許我最擅長的事，是勉強自己的身體運作，明明不舒服，卻還倔強不肯妥協，這樣的作為，代表我們沒有好好疼惜自己，卻還期待他人來珍愛我們，接受任何一種形式的愛之前，我們或許要先懂得善待自己，那再也不是抽象，而是真實。

重病過後，我選擇日日灌水，身體輕盈不少，燒是好好退了，臉頰也找回了紅潤，氣色好了許多，肌膚的過敏與發炎明顯出現改善，這些年似乎讓身體受了太多罪，周遭的人持續告誡我「要好好喝水」，我卻一笑置之，有些話是不聽老人言，吃虧在眼前，幸好終於從吃虧裡幡然醒悟，再也不敢不乖乖喝水，我將有糖飲料戒了好多，現在「糖」吃進我的嘴，會忍不住皺眉。

從前我是吃得好甜好甜的人，若非身體重度慘上一回，我怎能有辦法自願做出改變？若要乖巧地從事一件不想做的事，就得硬生生苦痛幾回，那終究比旁人苦口婆心說到放棄要來得更為真實。我終於願意放下執拗，感受調整的好，學會不與身體作對，肉身虛無，自然拗不過天地法則，喝水即是，不以牛奶、酒精、茶葉、濃湯來替代，那些都不是真的純水，我們喝了不過是安自己的心。

如果能對從前的我許個願，那麼，我希望能學會乖乖喝水。願所有人都在而立之前，真正習得喝水的魔法。

八年前的帽子

她給我的那頂毛帽，跟著我一起走過八年。

算不出搬家的次數，只是把它收進我的抽屜深處，去年冬天，頻繁將她送給我的毛帽取出使用，那樣的心情，像是我已足夠匹配這頂帽子。

那份「足以」的心情，是對青澀的自己給出認可，當季節重新更迭，我總會想著如果當時的我能再成熟一點，現在的我們或許還能保持聯絡，她在日本一切都好嗎？如果能在街上擦肩偶遇，我是否還有能力辨別出她的模樣？

不知道為什麼，去年的冬天感覺特別冷，戴著這頂毛帽經過櫥窗，我總會下意識看看玻璃反射後的自己，簡單俐落的設計，搭配喜歡的深灰色，能感覺到這是她特別選擇的。

有時你是留不住的，記憶隨著時間變淡，我寫過關於她的太多，無論當時，或者八年之間的斷斷續續，她的輪廓，在我的記憶裡已變得好淺好淺，淺得連聲音的起伏也無從辨別。相機畫素還有待改善的年代裡，保存的照片，也變得模糊，手機一次次換新，儲存在Dropbox裡的照片，不知道她還有沒有存在其中？也可能早就被下一個人的照片取代了。

印象中，她也為自己買了同樣的毛帽，不同顏色，卻是成對的東西。收到禮物當下，我表現出了一點點錯愕，或許這份彆扭，源自我不擅長為自己打扮，我喜愛隱沒在人群之中，若戴上了這頂帽子，是不是會變得顯眼？這麼一想，便下意識將這頂毛帽收至抽屜深處，很少取出使用。

她留下了很多為我挑選的物件，裙子、衣服、手環、球鞋、親手寫的信，即使某些物件早已不合時宜，卻還是保存得很好。生命裡，有些人的經過，就是這般長駐，我將位置留給了這麼一個人，一直住在我的生命裡，不會輕易消失。

感動終是不能比較的，也無法放在同個天秤上衡量，那都是未知的重量，每個來去的對象，對於記憶的保留或刪除，都不會因緘默而瓦解。我們的說與不說，都是給愛過的人的尊重，可以說著「忘記」而繼續保留著，也可以說「記得」來表示體貼，無論作出哪一種選擇，最清楚的人，其實都只有自己。

不去比較、不去張揚，不用過去的重量，來束縛未來伴侶的選擇。

期盼未來一同生活的人，是那樣體貼的人，如果擔心一個人掛念另一個人，又或者害怕這個人的存在，會成為關係毀壞的導火線，那或許是源自我們對自己的不夠信任。你必須理解愛過的人，一直都不會輕易消失，存在過的關係，也不會重來。珍惜深愛過的所有，好好善待眼前的人，擁有過的一切無需刻意清除，理解失去也是一個人的部分，我們要當那樣堅強的愛者。

祭典和慶祝

我一直覺得，日本最讓人著迷的地方，是當地人懷抱對文化的崇敬與美好，透過不同說故事的方法，讓在地之美被更多人看見。都市與傳統文化相融，以嶄新的型態被好好存留，讓原本不明白、不感興趣的人，進而與日本文化產生更多漣漪。

我記得東日本大震災，當時災情影響最嚴重的「福島、岩手、宮城」，讓遠在海平面另一端的你我，跟著臺灣發起的賑災行動，付出一己之力，即使我們做到的應援有限，卻滿載著祈禱日本一切都安好的意念。

YouTuber Tommy拍攝的深日本企劃，讓我的記憶尤深。他受邀前往岩手縣，深入當地取材，帶著大家走進海嘯紀念館，展間收藏了許多因天災摧毀的各式殘骸，以及當地的生活痕跡，面對天災的無能為力，看似事過境遷，卻無法借助時間完全癒合，受傷的人必然帶著傷疤生活，傷痛猶如昨日，歷歷在目。

看著當地人以積極的心態與難受共處，以溫柔代謝天災帶來的陰影，用富有力量的形式回歸生活。岩手縣當時舉辦了一場很迷人的煙花大會，室外設置了暖桌，影片裡的 Tommy 躲在暖桌裡吃著美食，沉醉於煙花的璀璨之下，隨著音樂起舞的煙花，紛紛在夜空綻開，此起彼落的聲響在耳邊發散，重新喚起了我們對愛的感受，身在螢幕另一端的我，也忍不住眼眶濕濕。

大學時，我在日本文化的課程，聽老師描述過，日本喜歡透過祭典來慶祝。當下我的疑問是：為什麼人在沮喪無力時，需要花費更多人力金錢去籌備一個活動？又為什麼他們仍渴望舉辦祭典呢？老師說，這不僅是一場慶祝，而是「共同創造」的美好時光，他們用這樣的決心提醒彼此：我就在你的身邊，我們還有能力一起往前。

當民心感覺搖搖欲墜、絕望之時，國家藉由祭典重喚大家對生活的希望，表示我們還有能力去創造幸福的事。祭典，不單是為了振興當地文化，更是一抹好不容易出現的暖陽。

老師的細膩解釋，讓我重新看見了祭典。雖然還沒有機會參加煙火大會，但在無邊界的科技時代，祭典帶來的喜悅，已經透過影像完整傳遞給許多人。這份感受，囊括的不只有快樂，還有烙印心底深處的感動。三年以來，疫情讓全球的生活模式產生劇烈轉變，雖然不確定會在什麼時間點，世界能如常找回過往的熱烈生機，但我想，如果可以，我們都能夠為自己辦一場祭典。

這場祭典，不一定要很磅礴、很隆重、很昂貴，只要你願意，你也能主動起身完成屬於自己的祭典。也許只是純粹點燃小小的仙女棒，聚在一起，不讓誰感覺孤單，黑暗裡看著火花四散，須臾、短暫、剎那……彈指之間，黑暗裡，我們確實點燃了無可取代的光芒。在那片黑暗之中，我們做好了萬全準備，無論疫情、無論天災，終無法擊墜我們對未來的希望。

料理的心思

睡睡醒醒，最近的睡眠品質，連自己也不敢恭維。五點醒來，試圖再入睡卻顯得有些難，七點爬起來準備早餐，有了廚房以後，我完全愛上了「煮飯」這件事。好久以前，我就嚮往能擁有廚房，有了一個小空間以後，不覺得料理過程厭煩，我想那正是因為——我啊，是為了自己而煮。

從前母親嚷嚷煮飯好累，可能是因為她付出的對象，並不是為了自己，而是為了兒女。年幼的我們，不懂料理，怎能理解煮飯竟是這麼不易的事。當年選購食材不像現代，一隻手指點點手機，就能簡單幫你送到家，她們必須拖著重重菜籃，滿頭大汗，奔走在人擠人的菜市場，提著笨重的菜籃回家，好辛苦。

現在的我，也是自己煮飯了，準備食材，不想太多就是煮，總體來說，抱持料理的科學精神，切成丁狀？塊狀？磨成泥？壓碎好？蒸的？烤的？加水到底還是不加水？煮多久才對？怎麼沒如期膨脹？

每一次料理，都充滿了驚慌與驚喜，我喜歡煮飯帶來的趣味，豐富的食材知識藏在料理的過程，等著我挑戰拆解。記得有一次，半夜凌晨兩點備料，那時是第一次見到南瓜貝貝，可愛無比，我拆開網子想要為它去皮，卻怎麼也去不了那硬如甲殼的外表，我狼狽地削了削，才發現必須要加入滾燙的熱水，才能夠快速去皮。食材又為了我上一課。有時候，比起思考怎麼做，不如先試著做看看，面對失敗無需覺得挫折，反倒慶幸能回收更多經驗，想著「哎呀，這要先煮過才能去皮呢！哎呀，先放點鹽巴，再加點水，時機到了，就能變得更好吃。」

從前母親的味道長在腦海裡，不過現在卻也成為我專屬的味道了。

無論我在誰的身上學到什麼，終究都還是我的，也許兒時從父母身上學到的幾件事情，經過時間催化，最後都還是會成為我自己的樣子，所有輪廓因替換而定義，不再區分好壞，我們最後還是有能力，描繪成自己獨特的形狀。

若有人願意吃你親手煮的飯菜，也能感受到「為自己煮」的驕傲與溫暖，我想那時候，肯定能敞開心胸，讓對方看見你真正笨手笨腳的樣子。

那些越有包袱、越不敢將自己的拙劣被他人看見的人，若有一天，能敢於把笨手笨腳的自己展現出來，那應該就是「愛」誕生的片刻了。這種親密，如同親手料理的過程，把喜愛的調味，好好分享給另一個人，是你已經走進了我的生活，而我也願意打開自己的心，讓對方活在我們的日常。

更重要的事物

芮芮有一個習慣，不管什麼東西損壞，她從來不覺得可惜。

電腦跟手機、相機、記憶卡，永遠不會刻意備份，用至老舊破損、再也無法打開，也不曾因為忘了備份而感覺可惜，只是默默換新，一切重新開始。

過往一封又一封收集的信件，來自朋友、家人、喜歡與被喜歡的對象，手寫著一本又一本的泛黃日記，她幾乎不再回翻複習，放著，就只是放著。舉凡所有被裝入紙箱的東西，芮芮總以不拆封的狀態，帶著它們移動到下一個地方，猶如心態早已做好調整，隨時能搬遷到下個所在。

每過一段時間，箱子慢慢減少，弄丟了、遺失了，她也都無所謂。無須摻雜掛念的狀態，就像刪除一個人，或是汰換一個社交帳號，一切過於容易。

分不清是她的渴望太輕，還是世界與她的關聯太淺。每一次，當她有想要的東西，那些心願，總會因為難以實現而落空，來不及勇敢表達「需要」以及「被需要」的心情，她率先拉開距離，無論糾結，只是拚命阻抗想念。

這一生並不是沒有嘗試過，也並非毫無交付自己的真心，每一次全然給出自己的愛，無論隱晦、低調、不敢明目張膽，芮芮幾度相信永恆真的存在，她清楚理解到，世界總會築起背離與失望的界線，即便不是世界本身，而是理解任何一寸掛念，都不能置放任何人身上。

她害怕有一天，不能夠對一個人放下的時候，就會失去「無狀態」

的姿態，她想著，只要維持原樣，就不怕內心燃起渴求與想念。有些眼淚，起初全是為他人而流，而如今無力再流的，是從很久很久以前，就已撕心裂肺地流乾了。

她知道自己渴求能儲存於心的溫柔，那些對象對她來說，都太過遙遠，每一次產生這種感受，就會躲進棉被哭好久好久，直到感覺不再襲來。她害怕自己太想要得到，面對擁有和失去的拉拔，她在心裡不斷吶喊，無法從糾結裡全身而退。一旦她本能地感知到，對方其實無法給出任何許諾，就會逼迫自己放下所望、製造疏離，若無其事回到生活。她曉得，什麼樣的人事物，會讓她放不下掛念、什麼樣的存在，會使自己淪落傷心。

她知道，真正的傷心，是知道這麼做會傷害到對方，卻還是作出同樣的選擇，如果最初就知道會弄丟，不如活在編造好的劇本，專心演一個永不傷心的角色。

獨處的快樂

聖誕節連假，室友們紛紛回到自己的家，有人南下，也有人回花東。我獨佔空蕩的空間整整七天，感覺十分自在。假期之前，我想像過熱鬧的客廳，變得只有我一個人，預設無人陪伴的情境之下，我會感覺非常孤單，但我卻意外地適應安靜的生活。或許源自我從高中開始就已離家自理，對我而言「孤獨」是常態，面對獨處，不是因為我已經習慣，而是我已有所鍛鍊。

對於不喜歡孤單的人，獨處是一件十分需要練習的事。

如何讓內在感覺充沛、有所肯定，比起走向外界尋求陪伴，我更想為身心好好充電，保留時間給自己，透過戲劇、書籍，療癒那顆被消耗的心，當我們能以儲存的方式活化內心循環，消化外務雜音，我們更能享受幸福帶來的餘裕。

高中時，我喜歡向外尋求樂趣，喜歡和外校朋友膩在一起，那讓我感覺到真正的自由，母親時常覺得我交到壞朋友，事實上，我只是討厭待在制式的生活圈，雖然用「拓展」的說法有些狡猾，但我想遠離，那讓人喘不過氣的校園生活。只是每一次，當我狂歡後，回歸一人狀態，我還是會感覺到有一些些無助，我想那正是變得自由的代價吧？

現在想想，從喜歡向外跑，到現在享受一人獨處，這樣的轉變好神奇。我真實地感受到，自己越來越享受獨處的時光，也沒有想回到過去的交際狀態，花時間檢視自己的改變，看似無形的有形，其實都在默默篩選，讓更好的人事物來到我的身邊。我驚嘆於時間帶來的魔法，讓我長出了不同的思維，我是真的相信，一個人的思維與生活模式，並非固執不變，當我們的心定義在能夠被調整，那便是一種契機、一種帶著我們走向更多可能的意念。

倘若當時的我，拒絕與外在接觸，只是純粹活在一人世界，是不是就沒有機會覺察不同的樣貌？縱然吸收再多知識、接收更多元的感動，若沒有實際與人產生交流，是否仍處在不滿足的狀態？人終究是群體動物，仍希望一生能與誰相繫，面對獨處與交集的佔比，調整是一種學習，我們需要依照自己的理解，適宜給出決定。有時主動跳脫舒適圈，反而能回收更多觀點，當世界加入不一樣的色彩，就有機會覺察自己的獨特與盲點。

我很開心，我已逐步成為一個可以期待他人加入，也能享受獨處時光的人。

微光

凜冽刺骨的寒風裡，他遞出一杯溫水讓人啜飲。

這樣的給予顯得特別溫柔，當我們以為那杯水的甘甜是份體貼，卻忘了裝這杯水的人，是他身旁的那個人。

你看不見的，卻好像存在，話哽咽在想念的喉間，時光殘酷遏止了我們瞬間誕生的情愫，相見恨晚。你想問什麼是乖巧寧靜？什麼是不造成對方困擾？想念將一切都變得好難。

這一杯溫水，短暫虛無，但幸福確實存在那一刻。

逛超市

去年搬家了兩次，裝箱的東西還沒拆封，又得準備再次移動，數不清楚自己搬遷幾次，隨著每次移動，對於「改變」越來越得心應手。新家附近，有好多間超市，看著陳列架上的商品，琳瑯滿目，尋找食材，讓我的心就地療癒，選購的樂趣，不全然思考自己要煮些什麼，而是當季的食材，什麼最值得？

喜歡發揮小資功力的我，熱中記住超市的物件價格，感受空間舒適度，尋找自己最喜歡的一間超市，有人會納悶，超市就是超市，逛起來不都大同小異？那正是我覺得有趣的地方，如何在一成不變的超市裡，發現不同之處，那也是探索生活的一種方式。

距離小房子的不遠處，有一間步行十五分鐘，就能抵達的超市，是我近期評測最舒適的空間，它位於地下一樓，非常乾淨，店裡進口了許多異國食材，架上很少累積灰塵，陳列總是定期更換。我熱愛在昂貴裡找到相對划算的品項，當我發現喜歡喝的濾泡咖啡正在買一送一、冷藏肉類上貼了限時折扣的標籤，某個位置，進了新的燕麥奶品牌……每次穿梭，都在尋找與上一次的不同之處，在我心中，超市就是一座遊樂場。

每次結束工作，就算滿身疲憊，還是會不時繞去那間超市逛一逛，逛超市產生的樂趣，那與逛大賣場、百貨公司截然不同，你能安靜享受購物的過程，而且知道接下來將會透過自己下廚的魔法，將食材變成喜歡吃的菜餚，這些全是治癒內心的步驟。

生活裡，總有很多乏味的瞬間，就像相伴多年的親密關係，也會因為太過靠近而失去美感距離，如何在反覆的生活裡學會自找樂趣，那是一種修煉，也是一種孤單練習。我想，我會一直這麼喜歡逛超市，將大包小包提回家，一個一個拿出來放進冰箱，我知道這些戰利品，就是我今天送給自己的肯定。

心的狀態

養成了一個習慣，喜歡在固定的位置，放上固定的東西。

為了能隨時確認生活用品的數量，比起替換時才發現不足，擁有填補意識，更能化解我的焦慮。偶爾，我還是會不小心因繁忙遺忘，每回遇上犯錯，我就會重新檢視自己，看看生活是否來到混亂。

透過日常建立的原則，可以隨時檢視心的狀態。

我也喜歡嘗試新的物品，清潔劑、衛生紙、洗髮乳……若有比原來的選擇性價比更高，我樂意替換，讓空間能裝進新的東西。當我嘗試之後，找到了更適合的東西，我也會完全忠誠於它。選擇生活用品，也許就跟熟悉伴侶一樣，讓新的事物走進生活，外型、顏色、效果、香味，從體驗感知為什麼非它不可。

日本有一款清潔劑，使用它將近八年之久，第一次使用就產生好感，此後怎麼看別的都難以入眼。它讓我愛上的，不只因為外型，而是理解它之於我使用的體驗如何，產品有時與人們生活的輪廓很靠近，就像眾多選擇裡，要使一個人完全忠誠，是多麼不易的事。當我了解一個產品的必要性，於生活裡有著無可取代，我想這樣的忠誠，就能夠長長久久。

無論適應新的物件、習慣堆放的位置，人們一直渴望在現實裡追求不變，但人與物件不同，無法維持在永恆的位置。愛的關係，也許與汰換物件相同，無論是與一個人生活一段時間，又或者再遇到更適合的人，比起徘徊兩者無法篤定選擇，我們還是要學會傾聽真心，我們不會永遠遮住雙眼，不去看那些需要被重新定義的事。

佔滿的心，總有一天要整理乾淨，再讓新的事物住進來。

輯二

愛的烏托邦

值得被愛的身體

身體告訴你，你是這樣的人，於是你就這麼活了下來。多年來，不夠有意識去疼愛自己的身體，未曾想過肉身具有終點，幾乎不給自己一絲善待，該如何為生活建立規律作息？萬物如常運作、四季更迭，節氣一次又一次給出了溫柔提醒：好好吃飯，好好睡覺，好好生活。當你意識到，原來還有人會好心提醒，你並沒有被世界完全排除。

從前覺得愛的囑咐都好惱人，也覺得被愛的舉動使人有恃無恐。如今回想那些囑咐，顯得格外暖心，心境總算有些超脫，願意打開心房上的鎖，為陰暗處點上一盞燈，試圖以同理照亮坑坑疤疤的內在，若能善待與接納一切，也許就能慢慢煉成一顆更堅定的心。

好的生活，好的傾聽，好的回應，好的想法，好的對待，這所有的好，是不再膽怯於我們要用任何失去交換。近日，我在便條紙上寫下：讓自己變得幸福的方法——或許我從來沒有好好問過自己。

創造幸福，該是用什麼樣的方式呢？

猜想，能為自己創造幸福的人，大概也能夠為別人創造幸福。幸福或許一直距離我們不遠，只是沒能主動察覺。我們的視野縮限在追求好的結果，於是勉強自己為不快樂的事情苦撐，卻忘記看見「下一秒的我，真的感覺幸福嗎？」當我們把複雜的問題給簡單化，你會發現，我們幾乎很少從生活裡認真思考「幸福」，甚至不知道如何定義，更遑論如何維持？我們的幸福，究竟是真心為自己著想，還是為了討好別人，這些都與內外的我息息相關，兩者相連，結成一線。

我甚至希望有一天，當我們能感受愛，已不再需要問幸福為何物了。

プラチナ

我最喜歡日文單字，是「プラチナ」這個字。

這個單字，譯指金屬元素裡的「白金」材質，這個材質，時常用來製作戒指與首飾，白金同時也隱喻了永恆不渝，若用以描述人生，化作白金之前，我們勢必經過無數鍾鍊，當我們克服了形形色色的改變與困境，我們的存在，將會變得更立體、更加閃爍。

漫畫家CLAMP的《庫洛魔法使》是影響我一生、無可取代的存在，對於年幼的我來說，難以找到合適的字句去描述原生家庭對我造成的傷害，情緒跟著我沿路下墜，痛苦讓我找不到出口，我保持緘默，當我感覺快要被淹沒之時，這部作品，為我捎來一絲曙光。我深刻感受到「創作」存在的必要，是為了有朝一日迎接需要的人，就像是每個角色們都有自己的靈魂，懷以坦率擁抱「無法實現」的課題，無論結果是好是壞，那份堅定都深深打動了我。

故事裡的女主角木之本櫻（簡稱小櫻）與爸爸、哥哥三人相依為命，雖然小櫻從小就失去媽媽撫子的照顧，但這個家未曾因缺少了「母親」的角色，變得四分五裂。小櫻甚至將媽媽的照片擺在室內一處，每一天經過照片時，總不忘對媽媽道聲早安。我很喜歡這個家裡，沒有任何人避談媽媽死亡，那是一種很自然、很溫柔的發生。從他們的相處看見，每個人都願意互相尊重、珍愛、共同分擔。爸爸在學校任職教授，工作繁忙之餘，仍為家人準備早餐，哥哥半工半讀，為家計付出一己之力，小櫻則是為家人準備晚餐、打理家事，你會發現到家中的每個人各有付出，沒有誰是純粹「接受」付出。

若從旁觀者來看，小櫻的生長環境，充滿了體貼安穩，無論「家」

的型態是否符合大眾定義，至少這個家給了她滿滿安全感。收服庫洛牌的過程，即使遇到困難，她也能不斷提醒自己，「沒問題、我可以」。這個家教會她「面對」的重要性，無論是母親離世、家庭的結構與大眾想像不符，她依然以一顆善良的心對待身旁一切，當自身出發的能量是以「溫柔」為起始，就有機會吸引到和自己本質相同的人。接下魔法使的任務，並非偶然，好比世上的我們本都是獨一無二，成為魔法使，也是只有小櫻才能辦到的事，看著她從懵懂膽怯，變成勇敢的自己，曾經是需要借助小狼的力量，才能脫離險境的她，如今已成為了獨當一面的魔法使。

小櫻的勇氣，並非平空而生，而是為了守護所愛，她選擇變得更堅強。

漫畫家CLAMP想傳達的是，無論你的出生是否來自一個完整的家庭，只要你活在一個有愛的地方，有著溫柔滋養，你我皆能長出愛的能力。我們能將小櫻的溫柔積極作為自己的生活借鏡，她的所有付出，都是為自己創造更多選擇，當我們成為什麼樣的人，就有機會吸引什麼樣的人事物來到我們身邊。

從前因為太過喜歡這部作品，觸發我主動上網搜尋歌詞的契機，這首名為〈プラチナ〉（白金）的主題曲，讓我有機會學習到「白金」這個字詞，這個字彙也正好呼應了作品想描述的勇敢，彷彿那份不渝，也活進了我的生命。

我想 CLAMP 描繪這個故事，不僅只是因為小櫻這個角色，更甚至在作品裡加入了當年保守風氣，不敢深談的元素——師生戀、同性戀，那個時代，能存有這樣的作品，我認為是創作的一種無所畏懼。

每當我在現實裡，感覺到困難，又或者是脆弱時，我會為自己輕輕按下〈プラチナ〉（白金）這首歌，重複聆聽聲優坂本真綾的歌聲，我能感覺自己不再孤單，也並非一人面對世界的困難，歌詞裡描述著「我們的世界沒有界限，所有改變都在我們的手裡」，我想，我的不放棄，就是從這些信念開始的。

大學的時候，我經營了一個無人知曉的部落格，這個部落格，收藏了許多我喜歡的日文歌，我喜愛將日文歌詞翻譯成中文，比起透過搜尋獲得直接答案，我更傾向用自學的方式，解釋歌詞背後的脈絡真意。無論翻譯是否正確，每一次練習對我而言都充滿了意義，因為喜歡，所以想要實踐，我想這樣的堅持，會因學習動機而延續，隨著與日俱增的數量，不知不覺也累積了成就感。

直到有一天，我在訊息匣收到了一封訊息，寫著：「希望這個部落格永遠不要消失，喜歡你推薦的歌，也喜歡你的翻譯！」當下的我滿心感動，我真的從未想像，默默經營的部落格也會有人關注，那是我初次感受到，喜歡的事物能夠抵達一個陌生人的生活，原來是這麼幸福的事。

現在想想，每一步累積都不是徒然，能夠與什麼樣的作品相遇，又觸發了何種好奇，若非主動學習，又或者當時賦予我的小小成就，說不定都是開啟我喜歡創作的門扉。無論未來或過去，所有行動都將連成一線，之所以能成為現在的我，都是每一個過去的我所累積而成。

常常覺得，聲優坂本真綾歌唱的〈プラチナ〉（白金），不單是傳達小櫻面對世界的勇敢，也唱出我們對「活著」的渴望與支持。我想，所謂「白金」並非指涉永恆不渝，而是面對生命帶來的曲折與困難，仍相信自己是有力量去改變的。「我」就是自己生命的開拓者，面對萬事萬物，活得純粹如白金，閃爍而強韌，無論身處何種泥濘，仍能吸收人間哲理，為生命解開矛盾。我相信真正閃閃發光的，不是一個人擁有的財富、身分與地位，而是一顆無雜質的心。

當心充滿了愛，我們也會因為愛，無時無刻發光著。

變與不變

多年過去，她的通訊帳號依舊沒變。

我在她的社群上留下了訊息，問候她過得好嗎？她的打字習慣並無太大改變，用字依然靦腆，甚至混入一些熟悉，感覺她還是從前的她，就算經歷了數年無關的日子，我們熟悉過的事實也不會消失。

當時的我，生活單方陷入乏味，需要一些獨特調味，即使被描述為寂寞，我也不會否認這份匱乏。我以訊息喚醒這段關係，粗淺且陌生，然而記憶有時比我們更為客觀，尤其是之於共同記憶，詮釋方式卻如此不同。我們在彼此身上刻下了在意的記號，卻無法更新彼此的樣子，緣分的先來後到，永遠都在折磨彼此，不對的時間、不同份量的詮釋，即使如此，依然清楚這個人對我來說，永遠都是特別的。

我想，我是真心懷念從前的我們，那嚮往簡單生活、沒有被世故洗禮的純真模樣。那時的我們唯一掛念的，僅有明天的我們，要一起去哪裡。

分開以後，從未想像能心平氣和，與她面對面，對坐吃著早午餐，我打破自己立下的絕對原則，絕對不再聯絡、絕對不再更新彼此……過往我處理道別的方式，是無論淤積多少悲傷，也俐落清除，有時傷心是咬牙一撐就過，這是我捍衛自尊心的方式。習慣分開之後立即清理乾淨，劃下一條天地界線，從此你走你的陽關道，我過我的獨木橋。如今回看頑固的自己，當我寫下訊息再次聯繫彼此，好像從討人厭的自己邁出了小小一步，有時我以為「重來」是可能發生的，好似所有的天時地利人和，幻想著能乘坐時光機回到從前，那天真以為沒變的熟悉，只是自我想像，再次見面時，眼前的她，頭髮變得好長好長了，我知道，她或許還是那個她，卻再也不是那個她了。

我們在時間的長廊裡奔走，體驗無數擁有和失去，不確定她經歷什麼，而我又是多麼不懂謙卑。人們終其一生，都會以自己認為的舒適活著，不需立下遠大志向，而我總是倔強，仗著自以為是的心態，將對方預設如何才好。或許，真正沒長進的對象是我。當我們憑著「為你好」的說法，其實是將對方投入一個「好」的籃子裡，擅自為對方分類。

我們長期所見的，或許不是一個人的原形，而是我們渴望對方成為的樣子？當我們越在乎一個人，越是介意他的變化、他的未來、他對人生的想像，不管關係裡我們是否親密，總忍不住期待對方的生命藍圖，能裝得下全部。但我們永遠是我們自己的，不管對方屬於誰，我們都無法為他篩選決定。

重逢之後，或許我又搞砸了，她的憤怒、我的疏離，讓我再度不負責任地按下失蹤的鈕，每當我無力承受失落，下意識就是逃跑，猶如被戳中痛處，不懂怎麼處理。那些不夠完美的假象，假裝自己富有責任感，卻無法撐起一人的脆弱之重，到頭來，在乎的仍是我自己，多麼醜陋。

現在的我，還是經常想著她現在過得好不好？

當時的她，肯定氣憤於我又逃跑了，知道自己過於軟弱，卻又幾度希望她能不再如從前緘默，能主動安撫我、需要我。只是不管如何期待，都無濟於事地再度遺失，並理解到，她是那樣被動的人，而我總是僵持在無謂的自尊心。

兜轉了那麼長的日子，還是不夠成熟、毫無長進，以為我僅存的勇敢足以成熟到跟過去和解，一度存在著期待，想著她依然還是過去的她，我也還是原來的我，許願著能回到懵懂相遇，潔白無瑕的彼此。

她的身上，已經沾染了愛過的人的氣味，而我也是。一個人的氣味加上另一個人的氣味，一切變得越來越陌生，現實裡的我們，再也回不到原來的樣子了。

寫給H：在意

總有很多讓人情緒起伏的事，是如何調整生活也平衡不來的。

從第三人稱的視角練習看見，從第一人稱的視角學會呢喃，當我小心翼翼鍵下字裡行間，意識到切換語氣是一種必然。面對在意的人事物，總容易被微小的舉動淹沒，委屈的情緒總是言不由衷，卻還是想在一個人的生命裡，找到與自己有關的蛛絲馬跡。

比方說，一個人的點閱痕跡，一個人的訊息回覆，一個人私密的一切。

你愛的人不愛你，通常都不是時間問題，沒有辦法讓你在意的人轉身看見，是因為他的眼裡已經住了別人。如果最終能是屬於你的，你就不必勉強了；如果不是，也沒關係。

宇宙之間，沒有人能替你安放喜歡，當遇上與對方有關的為難，必定學會心無波瀾，知道舉手投足不必猜測，也不需過度依賴時間。

在意與不在意，終究是與自己並肩，距離「放棄」還有一大段路要走。

寫給H：如果

你總是習慣為自己設下一道不知名的界線。

站在界線的另一端，保有專屬的優雅靦腆，卻不時提醒著，你我身處不同的世界。彼時看似交集的互動，卻在對方身上難以尋覓線索，你擁有的比想像還要多，而我也擁有自己。

如果說，再樂觀一點點，是否能竄改這份在乎的心意？

我們可以假裝在匆促生活之間，忘我追逐，各自走自己的路，不再試圖越過那條優雅的線，我們一心奢望普普通通，卻不斷在日常裡力圖掙脫。假使有一天，能重新選擇一次生活的樣貌，我們會不會選擇一條不辛苦的路？把纏在身上的枷鎖鬆脫，拋棄投射而來的憐惜眼光，完完全全解放自己。

親愛的，你隱藏了許多可能會被討厭的面貌，將原本的自己區隔開來，為求以優雅姿態停駐他人心裡，又或者那些面貌，從不是我能看見的真實，我只是從旁守護，愛莫能助。

親愛的，我曉得日日扣除感受以後，在乎就所剩無幾了。

真正的掛念，始終是願意弄壞自己、弄壞他人、弄壞關係，把不能說出口的話語，藏進心底，因為最完美的距離，是不叨擾、不問候、不妄想、不期待。追逐的對象，有一天也會因心動替換，只要不再觸碰，情感就能物換星移，我在每回折磨裡，祈求任何回憶都是暫時擱淺，慢慢的，總有一天都會忘記。

慢慢的、慢慢的，就能夠把心淨空。
慢慢的、慢慢的，就能把自己重新準備好了。

寫給H：祈求

愛是不求回報的，希望他好、他幸福，他能走向想要實現的未來。

沒有互相了解的關係，就不算喜歡，也構不成愛，哪怕現實難以捉摸，也請暫時待在想念的範圍吧。看一個人看過的書、聽一個人唱過的歌，單方演繹眷戀之人的想法，讓默契流連在回憶之間。

讓多餘的幻想，製造氣力給出祝福，這樣想想，會不會就足夠了，用微小的力量，祈禱對方一切安好，這樣的愛，也可以說是一種溫柔吧。

如果愛過的人被替換

相遇的第一眼，對方身上圍繞著一圈「光亮」的影子，映入了眼簾深處。

你深刻凝視，從對方眼眸之中，看見獨特與真實，那不曉得如何解讀的巧合與偶然，終於有幸成為其中。就算曾有過錯亂的日子，你也努力視而不見，刻意把對方置於通訊軟體最底層，假裝對方未曾來過。趨於平行的每一天，遏止在意成了無聲的日常，你把他活成了自己的現實，緘默不做出任何動作，自己像癡人般在時間裡單方面守著——只是時間，終究不會告訴你要怎麼做。

艾倫·狄波頓在《我談的那場戀愛》（*Essays in Love*）一書，描述自己和所愛的珂蘿葉，與對方相遇的可能性，計算起來，機率僅僅只有5840.82分之1，那班前往倫敦的班機，他認為這是一種宿命，命運攜著他與珂蘿葉，經歷了一場注定悲傷的戀愛。

這段關係，從曖昧開始，經歷心動無比的深吻、不安、爭執……反反覆覆，愛情課題必定經歷百種迂迴，他們都走過一回，彼此真切地深愛與不捨，但愛情的構成，終究敵不過所謂的戀與愛，戀像是沒有理性的課題，但愛呢？愛卻可能保有理性。

我們一生最無可避免的就是「戀」了。

相遇之初，努力想將對方代入熟悉的填空題，喜歡成了一眼瞬間，心動像是某種無名氣體，鑽進鼻腔之間，讓胃翻騰。知道這個人的出現，讓心跳產生了不穩的節拍，靈魂異常興奮，這種奇蹟，像大口吸進不造作的空氣。

世界因這個人產生了「光亮」，一點點、一點點，累積而成的光亮。

我喜歡看見光亮的瞬間，著迷且無法自拔，彷彿置身在失去重力的宇宙，點燃一束孱弱的花火，你得小心翼翼守護，不使它熄滅。這一生，不確定我們能遇見多少次心動瞬間，你在心底為對方建造了一個可「愛」的脈絡，起初是雜亂無章、紊亂矛盾，隨著前進後退，擺盪無數，那些不知怎麼收放的過程，你為對方找了千萬理由，只求蓋一座「喜歡」的城堡。

待在這座城堡，收集無數關於對方的關鍵字，多一點、少一點，都有可能讓這座堡壘變得鞏固或者傾斜。收集線索的過程，真的好美、好魔幻，當瘋狂的因子沾染上理性，我們漸漸失去摸索的平衡，面對「戀」使我們陷入盲目，想要理性，卻無法自拔被狂亂操縱，那一心冀望能走進一段安全的關係，不知不覺親密變成了暫時，就像艾倫．狄波頓所說：「不可避免的是遇見愛情，而不是你遇見的這個人。」

如果，當時艾倫・狄波頓遇到的人不是珂蘿葉，而是別人呢？如果不是在那趟飛行，不是因為天時地利人和，我們還有可能會陷入戀愛嗎？他在書中反覆質問自己一道又一道的問題，我們無從確認，更不知道會不會在當下愛上另一個人。他在書裡提到：「我會愛你不光是因為你的幽默、聰穎和美麗，而是因為你是你，沒有其他附帶條件。」

他的回應與最初戀上珂蘿葉的過程，有些自相矛盾，當「戀」的衝動消逝，與日俱增的心動也逐漸轉淡，相伴的日子，或許只是共同打造了一個安全地帶，若要用深度的愛去檢視，我們可能也不一定能滿足那樣的存在。

總有一天，可愛的一切，也可能變得不再可愛，我們必須承認，愛的形式充滿流動，愛是你我無法克制、無法央求永恆不渝、無法故技重施，採以復合讓時間不予替換的存在——親愛的，你想像中的戀愛是什麼？

現在的你，掌心所握住的那份溫柔，是不是真的好好轉換成愛的語言了？如果能親口問艾倫・狄波頓：「倘若相愛的過程，對象不再是珂蘿葉了，而是換成另一個人，你會願意再經歷這場愛戀一次嗎？」當問題被拋出的當下，一個在曖昧之間遊走的人，他的心裡深處，說不定早已浮現了一個最誠實的答案。

離開或者留下來

「我給出的是一百，然後我收回的也是一百，全心全意，心無旁騖，止損依靠的是，一旦用盡耐心，就沒有什麼值得我停下來。」

點開手機的備忘錄，複習不久前殘留情緒所寫下的日記，我對那樣的自己感覺陌生，蕩漾於內心的起伏，喜歡以失憶來假裝彼此相安無事，對於無法擁有的結果，求之不得把失誤寫成忘記。面對親近過的存在，我卻抹除不了惡習，疏離回憶，不願再以對方為生活中心，那些看似抗拒的消極作為，其實是保有自己的方式。

我想總有人無法做到完全回收，從前我也喜歡硬生生將傷口撕扯開來，任憑鮮血直流。此生能遇上喜歡的人，當然也止不住給出溫柔，而這樣的好，建立在給出的好意太多，變成了一種過度博愛。我們在忘我的付出裡，止損已慢慢不再，要能做到從「下定決心說再見」的那一刻，把對方拋回陌生，也是經過好多次跌倒才鍛鍊而成。

那些因太過喜歡，而不願接受的冷漠回應，我們的第六感早已有了答案，如果無法忽略「拒絕」造成的傷心，那就按下止損鍵，拉開距離、停止接觸，我相信兩顆石頭，不去擦撞就永無燃起。我也只是那樣，遠遠的、遠遠的，讓時間瓦解一切，透過止損，越來越能釐清自己是「需要」還是「想要」。

我曾在訊息匣裡收到這樣的疑惑，讀者問我，該如何做才能將感情回收？我搖搖頭，想著過去應對種種，沒有任何一種做法，可被視為正解，我試圖從失敗裡頭給出自己的一絲領悟，無論如何，我總是要求自己，必須疏離至無法接觸的範圍，脫離所有制約的可能，意志必須猶如銅牆鐵壁，無所動搖。

過去的我，經歷好多次自毀，為求日後不再愚笨墜落，倘若非要縱身一躍，我希望自己能灑脫安全著地。我清楚地知道，一個人有多麼喜歡一個人，就有多麼不想失去，是我們親手給了被左右的權利，那樣的脆弱，既盲目又無助，脆弱到只想守護最小單位的自己，卻忘了自己才是最重要的。

我決定不再把最好的自己分出去，生活裡頭，有太多值得我們關注的事，若有人決定傷你所有，我願意對象是自己，就讓抵達不了的是是非非，去到無人之境，我想，那樣才對得起自己的傷心。

回歸愛與被愛，也許我們是該學會區分角色，劃出清楚的一道線，越界了、消耗了，投入也有回收之時，相遇時當過一個好人，最後也成了一個壞人，無論彼此作為何種角色盤旋於對方生命，都不必介懷。愛過的人、刻下的評價，全是自己之外的課題了，那些因在乎形成的扭曲與感受，無論理解或逃避，勢必也在抽離之時，開始學會自我檢視。

深夜裡，我們憶起相處的每分每秒，細細回味，腦海裡描繪一幕又一幕的脆弱告解，當時的我們失去了什麼？得到了什麼？所有傷心怨懟，皆有屬於自己的輪迴，你必須費時探索、釐清哀愁，拷問是反反覆覆，模糊了又清晰。多年之後，也可能透過其他事件參透，宇宙總以其他形式讓我們釋然，放下糾結。

對於不擅說出「不」的那個我，我已懂得不再無盡投入，相信過往之於對方的那份愛，也包括了最後的不愛。那些牽掛裡，確實存在過一把匕首，將藏於唇齒的不捨與隻字片語，奮力斬斷。

我想回到生活的原位，讓一切歸零、遏止所有的親密的發生，讓我們好好分道揚鑣，你向著幸福，我走上自己的快樂。如果有一天，內心因刪除變得無比輕盈，我會慶幸當初的決定不是巧合，明白「留下來」是種勉強，而「離開」是成全所有不適合，衷心希望，所有無法勉強湊合的關係，都能回歸自愛。

刪除乾淨

擱置的約定，橫越了整個冬季，像是從來沒有為誰提及過，她安然遺忘那些不重要的相遇，沒有誰主動問過「為什麼」，如同隱藏著不能實現的約定，未曾想過會遇上連續失約，憒憒安靜地落了下來，進入內心深處，下定決心告別。

也許，在每一次無法追問的失約裡，她已經找到最好的歸宿了。儘管從來不曾開口，也沒有勇氣追問，畢竟有與沒有，都不會改變「不被重視」的事實。

有時候，假裝不知道的人，或許會比較幸福。

深夜裡，為無法向前一步的舉止，感傷落淚，歸因全是孩子氣的不甘心，遺憾著如果能夠再早一些些相遇，又或者自己的存在得以匹配就好了。

我們一生總得學會斬斷執念，放下等待之心，找到更適合、更重要的陪伴，而她的祝福，只能留在空無一人的世界，無數說給自己聽。因為始終沒有人，能代替她把這些遺憾刪除乾淨。

Easy On Me

Go easy on me, baby
I was still a child
Didn't get the chance to
Feel the world around me
I had no time to choose What I chose to do
So go easy on me

——Adele〈Easy On Me〉

這首〈Easy On Me〉收錄在愛黛兒的《30》專輯，初次聽到這首歌，旋律在我的腦海裡揮之不去。愛黛兒的每張專輯，都以「歲數」作為命名，迎接三十歲的她，面對新的人生階段，她藉由創作勇敢檢視自己傷口，她想對親愛的孩子唱出最真誠的自白，希望孩子有朝一日長大後，能理解當時的她為什麼做出離婚的選擇，她憑著自身絕無僅有的創作，請求萬事萬物的寬恕，也原諒自己。

我喜歡聆聽這首歌，陪伴自己寫作，聽著愛黛兒的歌聲，想像她正開著車奔馳在回憶裡，面對愛情、事業、生命，任何一條錯綜複雜的岔路，她是用什麼樣的心情為自己下定決心？又要如何寬恕早已滿身是傷的自己？

看著她的勇敢與直率，讓我十分憧憬，創作之所以能走到人心深處，是因為她選擇了誠實以待，嚮往自己有一天也能戒除優柔寡斷，不再徘徊貪心、不再保全所有選擇。過往的我，總是擅長留下退路給自己，不願勇敢面對自己想要的選擇，真正的堅強，或許就如愛黛兒，能以創作直面自己的真實人生，她勇敢看待現實的「捨」與「得」，沒有迴避、沒有放棄。生活裡，我們渴求的並非是成為一個完人，而是承認自己真的受傷了，卻也能寬恕自己的存在。

有時你無法放過那已是重新展開的自己，對於犯過的錯、失去的一切、不能夠修正的遺憾，我們在執著裡載浮載沉，忘了早已透過其他形式記錄了傷口。生活是有恃無恐，留下印記以後，將創作化成連結傷口的媒介，替我們把完整的悲傷和生活描述出來，縱然在這個過程，我們有多麼不擅表達。

你永遠能透過自己的特別，把日常的任何祝福活成禮物，你要相信自己就是禮物，你也能夠成為幸福的存在。如同榮格所說：「生命的特權，就是能成為真正的自己。」

讓我們對自己寬容以待，無論當時的決心是否無知，也已經過去了，明天依舊會來臨，生活的旋律依然哼唱著，你仍在這之中持續旋轉，沒有停止。

安妮

親愛的安妮：

我們變成朋友的時長，久至我已無法細算，那是多少日常與愛的疊加，沿途陪著我走向現在的自己，我能感覺自己是幸運的，小小團體裡，住著三位令我驕傲的好姊妹。每一年，我們都在聖誕節相聚，慶祝的定頻儀式，預算五百元以內的交換禮物，我們迎接節慶的輪迴，是一種默契的約定。我喜歡與妳們交換生活、深談人生價值，只要看到妳們安好，我的內心也能感覺平靜。

親愛的，妳見識太多我醜陋的樣子：曾在我熬夜補眠熟睡時，晨間拿著蛋糕驚喜出現在我的房間；也曾陪著我去心心念念的南方，從這間咖啡廳，散步至那間咖啡廳；甚至陪著我瘋癲地衝了釜山三天兩夜，當時以為沒有車回旅店，但其實只是看不懂韓文的「充值」而已，這麼傻的事情，只有妳懂得我在苦中作樂。妳知道我談過什麼樣的戀愛，從哪裡失敗與跌倒，直至我決意成為一個寫作的人，也未從在妳的嘴裡聽見否定。

我租的小房間裡，貼滿了很多張明信片，妳在其中佔有的比例最多，信件盒裡收藏無數妳寫的卡片，每一張卡片，儲存了滿滿相信，妳總是比我還要更相信我自己，在不確定的世界裡，妳比誰都堅定。

臉書有一個功能，能在生前設定替代發言者，當我們因為意外不幸離世，這個設定，可以幫助自己不留遺憾。當時的我只是想著，如果有一天要說再見，我希望不是突如其來，我沒有猶豫地按下妳的名字。這不是期望在誰身上託付重量，更不是強迫負責，無常之前，我們能好好決定，誰能代替我們與所愛之人好好道別，如果是妳，我想，妳能接受我的決定。

倘若這輩子我們不會有最親密的伴侶，我希望自己是陪著妳經歷最多生命體驗的人。妳就像空氣和水，無法輕易缺少，更沒有人能輕易替代。我好喜歡妳的獨立與跳躍思維，雖然奇怪，卻很可愛，我經常笑妳婉拒我的邀請，但其實我很安心，凡是妳不感興趣，妳總會溫柔直率地告訴我妳的想法，我想，那是一種很自在的感覺。一生能有妳這樣的知己相伴，是我的幸運。

妳有一顆善良的心、妳要繼續創作畫畫、妳要繼續成為自己、妳要在這乏味的世界找到活著的樂趣、妳要學著勇敢、妳要學著跨越……就算妳已在亂世裡活得自在，我依然希望——妳能像相信我那樣，相信妳自己。

愛的烏托邦

「每個人都有脆弱的地方。」

脆弱其實也區分成好多種，隨著隱瞞的程度不同，囊括了難以細數的不堪、醜陋、憤怒、怨懟、不平衡、沮喪、軟弱、歇斯底里……是所有人性醜陋堆疊而成的模樣，是信任之外看不見的存在。你我選擇把脆弱交付給一個人，就無法決定不被其所傷，傷害有時澈底、有時無可避免，需要經由時間平復，其中藏著愛意，深深淺淺，但愛不一定要說出來，才可以稱之為愛。

我一直相信，愛是不傷害，不針對脆弱的地方，狠戳使其潰爛。愛是一種「比誰都信任對方」的證明，一個受傷的人，究竟怎麼與傷疤共處？又要外露給誰看？這些都是當事者的課題，即使旁觀者永遠能看到他人矛盾，卻也有不必隨意傷害的道德，因為有愛，所以我們願意接受對方原來的樣子。

我曾經歷過這樣的情緒勞動，當我們無法按照對方給出的解方進行改變，對方顯露了憤怒和指認，她認為好意本就是一種愛，認為自己說的話端正無誤、是真理，是給出解方以後，希望對方能順從自己的選擇。當我們的行動與對方的期待背道而馳，她感覺十分憤怒，那些情緒的背後，不是破口大罵，而是龐大的失落感，彷彿帶著「我為你好，你怎麼都不懂」的委屈，咄咄逼人。

回過頭檢視，那被稱之為愛的說法，確實是一種勒索。

每一個人，各有潛藏的脆弱與煩惱，也有必須排難的人生課題，即使無法跟隨對方解法，也保有絕對尊重，尊重裡沒有諷刺、沒有自我中心，完完全全擁抱對方的選擇，理解對方的軟弱、陰暗之處，就像我們每一個人，本就都不是那樣完美，瑕疵裡頭，總需要一個溫柔的棲身之處，讓人安心躲避。

那份理解，如果是脆弱，彼時能在軟弱裡安心跌下來，任憑受傷鮮血直流；如果有著距離，也不怕時間沖淡信任；如果是無法克服的生活疼痛，也能抽出時間緊緊相擁。這一生，因為我們看見彼此軟弱，才願意打開心扉，無條件守護對方。唯有懂得彼此真正在乎什麼，才能以不傷害對方的名義，擁抱雙方知曉的不完美，並於關係裡恆溫共存。

我相信愛不是往軟處深掘，拚命挖對方瘡疤，而是讓脆弱能有處逃難，是一份不需要說出口的安全感，是不管怎麼樣，我會一直都在，是知道你無論如何都不會傷害我，能安心地說、誠實地說。

這世上存有太多傷害與真理，我們一心渴求的，是能夠安放軟弱的「愛的烏托邦」。

愛的是傷心的自己

我們在書店聊到深夜，她談到自己正在進行一段有期限的戀愛。

我好奇問她，是怎麼樣的有限戀愛呢？她說，有些關係，是知道對方有一天會遠行，生活在另一個國度，無論長短，對她來說，關係尚未開始前，就已是另一種層面的結束了。遠距離的戀愛類型，是非常孤單的選擇，她不想走進那份關係裡，很早就與對方表明「不願談遠距離」的決心。她一邊描述，一邊苦笑說著，即使無法相伴彼此漫長的時光，但至少我們珍惜有限的當下。

聽她描述愛情的有效期限，我在想，她們是如何面對這樣的進退不能呢？明明一個人還想繼續，另一個人卻拋出了決定，看著喜歡的人，只能成為被選擇的對象，無法成為給出選擇的人。愛的關係，面對「背叛」與「很愛但不能一起」的處境，想必是最難割捨的兩者狀態，我們不難理解愛的事實，只是不知道為什麼，比較喜歡的一方，總會自願跳進迂迴裡受困。

喜歡卻無法擁有，那樣的愛，到最後都是最痛的。

我問過自己，是不是我們都比較喜歡置身在傷痛裡，彷彿只要不離傷心，就可以說服當初的連結，沒有被時間消去？現實的真相，是從彼此的時間軸，完整切割的那一天起，我們就已奔向各自的生活了。我們真正的掙扎，是為求不被對方遺忘，持續待在原處拚命受傷，以幻想的形式自虐，渴求失聯的關係還能有所連結，這一切是我們設下的圈套，也是自欺欺人的一種束縛。

有時候成為被選擇，定義了「結束」是我們給不起自己的決定，又或者，當我們主動成為了選擇，某方面也成了被情感牽制的對象。舉棋不定的人，總說不出個美好道別，而愛上對方的人，也很難不走向有限愛情，悲傷的結局，早已落在不遠處，兩者相互拉扯，任憑誰也逃不了，最後愛也愛不得。

傷心到底是誰找的呢？我會說所有的命運，都是我們出給自己的難題，那緊握著不肯放開的人，也已無法再為自己好好抓住什麼了。

遠遠看著也很好

愛一個人的速度太快，焦距放在自己之外，失控變成了相對的存在，盲目化作我們的天地，卻忘了，未來還有遙遠的路要走。

坐在小樽咖啡廳，我們四人圍成方形，我坐在他的左側，聽聞他失戀，想補上這些日子缺席的進度，他點點頭，一如往常聽他說故事。印象裡，他一直是個情緒穩定的人，知道他不久前，經歷了家人的無常變故，當時的他，卻也未曾透露一絲悲傷，他就是那樣，安靜且木訥，但我知道，他不只是那樣的人，他擁有的是一顆更柔軟的心。

每隔幾個月，我們四人就會固定相聚一次，見面時，我總忍不住看他今天穿搭了什麼，偷偷欣賞他身上配戴了哪些小配件？幾次觀察看來，我想我們喜歡的東西有些相似，偶爾我也會好奇地問他，這些配件都是在哪裡買的？雖然我們品味相近，說話也合拍，但面對愛情，我們卻有著不一樣的對應方式。

初入社會的他，比起面對未來，有著更吸引他的事，比如，對一個人產生心動的感覺、跨越舒適圈的挑戰、擁抱未知的世界。看著他，感覺自己也跟著他歌頌了一回青春，他順勢提到了自己盲點，面對關係，時常忘記保持恆速，無自覺地被牽著走，與對方靠得太近，近到世界只剩下對方，忘了自己也擁有掌握權。當戀愛的過程，遺失了按部就班，相約、聊天報備，進階親密接觸，沒有任何許諾之前，一切愛戀尚未成熟，缺少了「一起」的共識。

聽他描述這段關係的模糊，我們在一旁情緒波動，感覺就要沸騰起來，碎念他的過度投入、探討事件發生緣由，彷彿別人的事，都能指手畫腳，如若真正陷入其中，我們大概也盲目無比。我止不住說他愛得太瘋狂、太寂寞，愛到只懂得跟自己戀愛，看不清對方從未許諾。

起初的他，立場表現多麼無謂，對方頻頻釋出好感，當這段關係因為好感有所得逞，愛的平衡崩塌，他們之間的立場對調，反而變成他在乎更多，活生生被奪走主導權，來不及意識到哪裡做錯，就先墜入自責的漩渦。

有時候，當我們在關係裡失去了掌握一切的能力，就很容易緊抓對方不放。這個人的出現，像是救命繩索，讓你感覺自己有了歸屬、有了依賴，愛的關係來得太快，面對失去時，接受愛的一方，最後也徒留了被丟下的疼痛。對方如颶風吹亂了平靜無波的生活，掀起狂亂，被奪走愛以後，剩下滿身狼狽。

看著他默默泛淚，我很心疼，拿著衛生紙幫他擦掉眼淚。我想自己是特別有感的，我也相信，越是匱乏的人，越是渴求被愛，面對來不及承接的速度，不小心給出太多，忘了看見對方是否整理好內心空間，準備好讓我們住進去。

速食年代的愛情，我們總是一股腦地投入，忘了放慢速度看見對方的真實，我們得經由多次相處，確認雙方是否具備愛的能力，比起狂戀、比起害怕受傷，需要用時間去了解對方，面對愛的無能為力，我們得接受自己的脆弱。

我相信，透過反覆體會愛的失去與擁有，摔得又痛、又狼狽，才知曉保持距離的重要，知道有些人很好、很溫柔，但不適合住進心裡，哪怕有一天他屬於別人，我們也不覺得真正可惜。因為真正能讓我們感覺舒服自在的人，總會在我們變得最好的時刻出現。

擱淺的祝福

留個空白，讓在乎擱淺於此，殊不知永遠無法將落下的節拍給補回。

意識到天氣又要轉冷，想起已沒有慰問對方的權利了，便倔強地穿著短袖，希望夏天得以重返，分明不是喜愛的季節，只是奢望「重新」能領著我們回到過去。回憶裡頭，多少存在是以追逐之名，卻不小心丟失專注的呢？若想問誰沒有污點，無瑕地成為一個完人，我猜那應該不是人，而是以愛的名義造神了。

我們享受過一瞬類似恆常的愛，即便只是一瞬，也還是難以若無其事地回到過去，那像是注定失聯一輩子，沒有辦法控制不愛自己的人，將他們繫在身旁。

如今你以「沒有關係」對自己喊話無數次，才得以優雅安慰。

回憶就這麼落進一個又一個辜負的凹陷裡，等待日子流逝，等待季節若無其事地更迭，我們終於變成一個大人了呢。再接著幾年過去，就沒有人苦守著不肯改變的願望了，即使當時那麼奮力死守、那麼不甘心，終究我們都會忘記那些不願遺忘的習慣，某日聽到對方再與誰共結連理的消息，也已經沒有眼淚的額度可以落下了。

還是得勇敢地從歪曲的臉，擠出一抹微笑，溫柔說著：「幸福快樂。」

希望他一切都好

咖啡廳面對面說話的魔力，大概是相視的人，都能誠實以對吧，有時是不甚熟識的狀態之下，也能因過於親暱的氛圍，忍不住說出深埋在心中的秘密，然後默默地，這些秘密就寄放在我這裡了。

我總是特別珍惜這些談話的時光，多年來好像都是這樣，即使最後雙方的關係道不同不相為謀，也鮮少把這些秘密，變作攻擊的籌碼。那瞬間，我們的相處真實存在同一刻，是你真的相信我的那份親密。

來說說我跟他的故事吧。

我們是很少見面的關係，對坐深談也就這麼一次，他卻把埋藏在心中的秘密都傾訴予我，描述時看來一派輕鬆，好像這些故事都沒有傷害到他，但其實我是理解的，當我們選擇說出口，也是在追求溫柔的安慰與同理。我凝視著他的一派輕鬆，這個傾吐過程實質與我不同，記得有一回聖誕節年假，我對一位好重要的人，袒露了自己的故事，當時止不住抽了幾張衛生紙，重複講述故事的過程，對我而言，像是細胞死亡又增生的儀式，我必須不厭其煩、重複到不再哭泣為止，當我跨越了落淚的衝動，我覺得那正是走向「變好」的過程。

真正的「復原」並不表示我已經不痛了，很多時候想起，還是會覺得哀慟，只是我們描述傷口時，已經不會在眾人面前潸然淚下，疤痕已經漸漸變淡了。

只是我從旁凝視著他，卻難過得想替他流出眼淚。回想起他有些狼狽的那段時光，頭髮凌亂，表示自己沒什麼時間處理生活瑣事，三天兩頭請假，我也沒特別探問他忙些什麼。偶爾進出辦公室，看著他的座位總是空空的。直到有一天我們搭上同班電梯，他提到自己最近請了喪假，這個話題來得有些突然，對彼此的關係來說，似乎無法輕易觸碰，我選擇禮貌上的致意，輕輕點頭，對他笑說，頭髮真的好長，可以去剪一下囉。

爾後我再也沒有問起關於喪假的事情。

幾個月後，我們坐在咖啡廳，聽他說起去年喪假這件事情，他才告訴我：「母親去年走了，倒下後的兩週，就猝然離開了。」我愣了愣，眨眨眼，停頓了幾分鐘，才開口問他：「還好嗎？」

每一次接收死亡的消息，我的心都會緊緊一縮，好像我也不知道怎麼擁抱無常。他當下沒有太多表情，好像在講述別人的故事。

我卻急忙地問他：「你不難過嗎？好怕你哭。」

他說：「我現在不會哭了，已經哭了好多次。真的，現在還好。」

他說難過是有一種曲線的，接收死亡消息，從曲線直直攀升，而後到了一個臨界點，開始慢慢下降，趨於平緩，隨後又往上攀升，現在的他，正處於平緩的狀態。循環的過程，傷心總是周而復始地發生，我稍稍停頓了一下，卻又止不住關心地問：「你還好嗎？不知道為什麼，我好想替你流眼淚。」

他笑說：「幹嘛！沒有這麼誇張，真的還好！」

我知道「你還好嗎」這句話，或許一點安慰作用都沒有，但是，看著那些與我談心的人，我只願此刻的自己能投以真心的安慰，也許他過得不好、也許一切都好，不管現狀是什麼，好希望能從對方的嘴巴裡，接收到最真實的狀態，即使我的安慰，永遠無法替他們淡化真實的悲傷。

不過，我已經收下他的故事了，從今以後，當他感到憂傷時，能記得我與他共度過的時光，在我這裡，他扎實存放了一份憂傷，此後講述這份悲傷，不需要重複說明。悲傷的時候，他知道有一個故事寄放在我這裡，得以持續重複、更新……直到有一天，他不再感覺難過為止。

常常覺得，秘密不適合作為武器被放大的原因，是因為那個瞬間，對方是這麼相信我，即使未來我們產生了衝突、有了誤解，我們之間的一切，也不會隨著針鋒相對，轉化為惡意攻擊。我將會好好收著所有人對我傾吐的秘密，編織成未知的故事，也許我會從中替換代名詞、也許我會實現對方想要留下故事的所望，當我們以全新的觀點看待傷口，總有一天，也能長出勇氣笑談一切。

我們勇敢地寫下來，是因為害怕忘記，而這些秘密，需要以一個形式保留，我真心希望他的悲傷，能夠擁有一個完美的出口。

是的，我希望他一切都好。

平行也會相遇

遇見一個心態健康的人，也會因他而變得健康。

清晨自動醒來已經養成習慣了，半夢半醒，意識在模糊邊緣遊走，總在服完藥以後立刻斷片睡著，有時會忘記關掉床邊小燈，被那陣溫暖的光線直射喚醒。

滑滑手機，刷開晨間新聞，用閱讀喚醒意識，接著點選喜歡的音樂來聽，有時會望著天花板發呆，假裝自己還睡得著；有時也想要多待在溫暖被窩，感受柔軟疊加而成的體溫，哪裡也不想去，如果前一晚因為過度投入書寫，身體感覺疲憊，那就不勉強自己，小睡補眠一下。

「我想，身體其實都知道，因為它可能是跟你最親密的人。」

每當跨越一個成長分水嶺，有時你會突然長出意識，開始為身體著想，從前待在濕漉漉的小房間，內心充滿抑鬱，想著租約一旦到期，我要趕緊離開這個陰暗之處，換到光照充足的小房間。雖然當時的我們尚未有足夠的能力抵達那樣的理想生活，但至少在微小的空間裡，我還是能進行一些簡單的運動。

我先天心臟不好，每當跑步或哭泣，就會不小心發生過度換氣，跑步的速度也比他人慢上很多，高中後試著打籃球，體育課跟朋友一起丟丟球，也讓我倍感開心。出了社會，少了體育課的安排，更無老師催促你運動，隨著工作事務變得繁忙，管理身體也變成一件需要重視的事，去年開始，我認知到能量的重要性，原來能量與身心牽一髮動全身，無從忽視。

當你擁有好的能量，才有機會把溫暖分散出去。

從前幾乎沒有這種想法，得過且過、日復一日，回歸心態健康的說法，我將這些視為未來選擇伴侶很重要的考量，當你的所愛心態穩定，懂得能量管理，自然而然，也會為你的生活帶來許多美好循環。當然，正面循環的前提，不表示伴侶沒有負面能量，親密關係裡頭，沒有誰擁有義務，要時時刻刻維持正面能量，但若有一方負面了，至少有人給予支持，來來回回，我們就不怕墜落了。

總歸所有親密關係，都不忘回歸對自己的探索，你是如何生活，就有可能吸引什麼樣的人，能不能擁抱自身缺點優點，願不願意探索內在黑暗面。現在的你若還在理想生活途中，如果內心有光亮，想要追尋、想要點燃，卻不知道該裝進什麼，我想像，那份亮光，可能包括喜歡的人所持續的生活，你可能會因為欣賞對方，逐漸改變自己的生活型態。

從前我的想法很執著，執著於現在就要得到，想著只要拚命前進，沒有退路。現在換個想法，喜歡的人與你有著很遙遠的距離也沒關係，倘若我們一直在時間線上前行，就不怕未來無法相遇。提醒自己，無論多麼傷心、多麼無望，也請記得往前看，最重要的是自己好不好，如果我們都不好，那麼未來相遇時，也說不定還是會錯過彼此，最重要的結果，並非是當下的我們能否擁有，而是此刻的我們繼續往前走。

前行的過程，我可不可以遇見一個更好的自己？若我好了，也許別人也能因為我變好，有些相遇是不求現在，只要我們能一直用喜歡的速度往前進。

秘密

我們屢次不敢踏出那一步，話滾到了嘴邊又收回。

羨慕那些真正柔軟的人，吐出的話都是甜美的，比較值得被愛，而那些外殼生澀堅硬的人，就像淹沒油燈裡的微弱光火，滅了與點燃，原來都是一瞬。

再好的人，也有無法疏離自卑的時候，想要靠近的一切，也必須保持距離。努力隔絕不安，守著「秘密」不被情緒波動，永恆寧靜，所有波瀾只有我知道。

只有我知道，一切哽咽都沒入我的喉。

真正愛你的人

放慢速度不等於怠惰，原諒那個走得慢的自己。

無論在愛裡、人群裡、身分裡、耳語裡，你我皆有全然不同選擇，社會是立體的，每處凹陷空缺，化作適宜的角色填入，依憑你是否願意放下自尊，將自己置入其中，成為剛剛好的形狀。

那些看來光彩、美好的人事物，其實也藏著無法說出口的焦躁，不管我們在人海裡，看來多麼相安無事，終究無可避免探究「我是誰」的課題，把徬徨丟回複雜不已的世界，陷入自我否定的交纏，一次又一次，我們在意志裡抉擇，忘了如何善待自己的百種課題。

幾年前，被一位視如己出的信賴之人斥責「虛榮」兩字，現在想想，還是令我傷心欲絕。熟知自己的人，理解自己並不是那樣的性格，當時卻無可反駁，只能收下令我倒胃口的形容詞。這世界不缺追求虛榮的人，對我來說，奮不顧身地投入，是一種無知的努力和勇氣，我們渴望追求的過程能變得更好，原是理所當然的事，怎麼突然就變成了虛榮。

當你用盡百分百力氣，將嘔心瀝血的創作極盡所能傳達遠方，最後卻獲得如此形容，當盡力變成了傷人的匕首，狠狠刺在心頭，那已不是虛榮，而是理所當然沒能讓誰同理，又或者我們都不足夠成熟，面對不舒服的狀態，我們其實都能有所選擇，無論是帶著不舒服離開，又或者讓不舒服的感受延續下去。

可是，我知道，受傷的地方不會就這樣好起來。

我慶幸身旁陪伴的人事物，是依循自己的防禦本能，篩選後留下的溫柔，相對安全，卻也能給出理解與肯定。當你真正愛惜一個人，不只是藉由數落不足來鼓勵對方前進，倘若要對一個人給出建議，我相信那也是愛之深，責之切，鞭策無非不好，只是應當對方能承受，那樣的對待才具建設性。

我也期盼，當我們擁抱任何指教的過程，也能真心以待，而不是選擇一再自我詆毀、自我批判，面對走得不夠快的自己，我們願不願意給出機會，讓自己持續地做，勇敢嘗試，「熟能生巧」未必是一種負擔，有時也是延展生命的一種解方，讓每個角色有生成與填補的空間，生命最美好的階段，說不定會在我們真心擁抱失敗的時候出現。

不比較，一直是件困難的事，但你的思維、你的視野、你的五感、你的待人處事，你是誰？你想要去哪裡？這些課題都必須拿來回問自己，無論是明天、後天，甚至是未來，日子只會一直前進，所有造成傷心的原因，必然依附時間的驗證與洗滌，但是想去的地方，依舊不會改變。

回歸本質，你我的煩惱都是一樣，即便換了角色，覆蓋原本的思考模式，我們對自身的探索，仍是圍繞在理解自己，如果現在的我們，為他人所說的話擊潰，那也沒關係，暫時的跌倒是允許的，但不能一直待在原地停滯不前。你要站起來，拍拍膝上塵埃，勇敢向前凝望，朝著能看見優點的方位，無所遲疑地奔跑，當你對自我產生懷疑，請回望那些陪伴過的一切，好好聽他們說，接受他們給出的誠實與回饋，我想，那必定將你帶往更好的地方。

已經發生的傷害，我們不必迂迴、不必判斷對錯，受傷的回憶，或許會記得很久很久，但怎麼思考、怎麼詮釋與轉念，終究是與對方在頻率上合適與否的問題。已經不必思量他所說的話有無道理，又是否常駐心底，我們只要想著，該如何讓成長的心情持續前進。這些經過，是為了有朝一日能不自卑地說出：「我比那時候更好了。」

好好的

他就像雲端情人，你一次也沒有看過他的樣子。但你已經沒有辦法假裝生命裡沒有他了。

東京與臺北時差只有一小時，紐約和臺北的時差，卻讓人好無助，人在愛戀的時候，根本不在意現實，反而越寂寞的人，越容易關注到複雜的細節，對方的蛛絲馬跡，都成了敏感的導火線。

深夜，訊息匣收到了一封訊息，我點開它，想起自己曾為她加油打氣，如今他們分開了，卻要我為她再說一聲加油，當下我的心，感覺有些刺痛，我從一個為她加油打氣的人，變成了一個要她勇敢走過傷痛的人。

她問：「我還會好起來嗎？」

我說：「會的，好好生活，這是變得強悍的方法。」

我在視窗另一端，靜待她輸入訊息，不知道螢幕前的她，懷著什麼樣的心情？面對失去寄託的無助，我想自己是真的明白，該如何從黑暗裡，伸手拉住墜落的自己，我其實沒有自信能好好告訴她。

遠距離戀愛，是一道嚴苛的考驗，是想再努力一點，卻存在著只要有人先行放棄，就再也沒有往前的權利。愛的關係，不是走過一遭死亡重生就不痛了，也不是擁有以後，就能如願以償獲得幸福，每個時間點都有機會讓你重新修煉，人沒有一刻不需自我，如果因背叛而感覺自己無能，那麼至少能從背叛裡，確信自己當過一個忠誠的人。

愛一個人，該如何全然理性，混著失去理智的迷戀，激情與不安也同時住在裡頭，你無法不為失去變得自毀。說穿了，選擇折磨是一種本能，是想被可憐、是期待獲得溫柔，是除了求救之外，找不到最好的方法為迷路的自己導航。

關係裡，無論多一個人或少一個人，都能引起風吹草動，輕輕按下按鈕，許諾的一切就都灰飛煙滅。當我們與一個人相遇以後，就無法回到「還沒有相遇之前」的自己，沒有如果能重來的說法，從來就沒有時光機，能帶我們穿梭從前回到過去，想做得更好，也已經無法套用在同一個人身上了。

失去一個人，你很難毫無裂痕地癒合，也難以將記憶抹除，一旦背棄失衡，結局總是帶你走向別離，可以重複因對方養成的習慣，直到記不得為止。每次失控，都是傷口揮發的最好良藥，直到有一天，你已沒有動力再追求任何枝微末節，我會說：「你已經好起來了唷。」

那種好起來的感覺很突然，不知不覺已能好好進食，早睡早起，嘗試喜歡的事，再也沒有一絲掛念，就算想不起他的聲音、他的呼吸、他的溫度、他的溫柔……你知道，這個人一直都住在你的身體裡，只是也已經不住在裡頭了。

你是強悍的，你終於能好好的了。

輯三

我和我自己的旅行

我和我自己的旅行

回顧我的二〇二二年，好像只完成了一趟旅行。

最初是帶有目的南下，收到演出取消的壞消息，頓時空出很多時間，我漫無目標背著笨重的筆電南下，民宿的房間，座落一片大大的玻璃窗，我住的樓層並不高，往外眺望，能看見車子緩慢行駛，像是有意識地來來往往。

那陣子剛好《神隱少女》重新上映，正好是宮崎駿系列裡頭，我最喜歡的電影之一。我主動約了好久沒見面的高雄朋友，想和她一起複習這部經典，南下過程，匆匆忙忙，從電影公司收到的交換券，被我擱置在臺北的書桌上，少了兩張電影票，南下目的又缺少了一個，朋友展現了當地人的可靠，在戲院後方買了便宜的電影團票，我們共同省下一筆小錢，不知道為什麼，感覺有點小小的快樂。

我在工作時使用的筆電，設定的開機畫面，正好是白龍與千尋牽手的模樣，無法細數自己究竟複習了多少遍《神隱少女》，白龍送走千尋的那一刻，他堅定地對她說：「我只能送妳到這裡了，剩下的路妳要自己走，不要回頭。」

那段話讓我想到母親，她在我的成長過程裡，離家出走好幾次，每次出走，我像是作好了心理準備，想著她不會再回來。無論是短暫失去母親或父親，對我來說，都不是最恐懼的事，最讓人深感無力的，是沒能好好傳達想說的話，一個不擅言詞的小孩，長成了能夠自理的大人，這全是一眨眼的事，時間混在傷口裡，陪著我一起長大，成年後的今日，那些傷，都還在、都還在。

當白龍對千尋說出「妳要自己走」的時候，這趟讓人一夜長大的奇幻旅程，也來到了最後。他們彷彿找到了生命的曙光，無論從彼此身上獲得什麼，最後還是必須獨自前行。對我來說，人生大概就是這麼回事，無論擁有多少血緣關係的人，旅程最後，依舊四散各方，最終是誰向誰索取生命的溫暖，我們不會離獨立太遙遠。所謂孤獨，不是因為你一無所有，而是你已經擁有了自己。

你不會永遠是一個不被需要的孩子，你能學會自己走，因為在這個世上，你最需要的只有你自己，你得學會為自己找到出路，繼續探索未知的人生前行。

對於「珍愛」與「被丟棄」的詮釋，我想已經跟當初想得不一樣了，這趟奇幻的旅程，千尋雖然短暫失去過父母，卻也變得更獨立。她遇見了很多珍貴的人事物，有白龍、鍋爐爺爺、小玲、錢婆婆……我們也像千尋一樣，將會以這樣的形式，遇見更多無可取代的人、觸碰更多的事，留下更多旅行的意義。

跟爺爺說再見

過往所學，從未教我們如何面對「無常」，媒體報章寫滿許多生命的真諦、放手的教條，卻鮮少要我們直面逐漸衰老的身軀，比起好好活著，更可怕的是面對死亡。然而，比起迎接逝世，更讓人恐懼的是看著心愛的人離開——就像我不得不與爺爺說再見。

幾年前我在作品談及爺爺對我的影響，當時收錄了爺爺、奶奶，以及三合院的照片。爺爺戴著口罩，因癌症侵蝕肉身，雙眼露出疲倦，常常想著，如果能再早一點拍下他的臉容，會不會更好？出版前，我堅持作品要以彩色印製，過程與出版社來回討論多次，心裡好掙扎，真的不願見到他在作品裡即是黑白，我想為他能保有這個世界的色彩。直至現在，我依然慶幸自己當時作了這個任性的決定，不管是將爺爺收錄，抑或每個返家的日子裡，無時不刻都在懷念他。

二〇二二年的夏季，爺爺嚥下最後一口氣，當時的我遠在臺北，沒有勇氣去見他最後一面。

病逝前，或許早有預感，提早和家人抽空前往高雄看看他，那時爺爺已是失去神智，坐在輪椅，辨認不了任何人的樣子。我努力忍住了淚水，拍下他瘦削的模樣，這與他先前戴著口罩觀看我的眼神，截然不同。他發愣，癡癡凝望坐在茶桌前聊天的我們，閒話家常的笑聲裡，堆疊好多不捨，他在旁嚷嚷要吃冰仙草，母親說，就讓他吃吧，現在想要吃什麼，都給他。

我們知道無常終會降臨，生而為人，勢必要面對「死亡」帶來的痛楚，不管經過多久，長成了怎麼樣的大人，我恐怕永遠都學不會說再見。死亡面前，送走摯愛之人，為何如此撕心裂肺？

蹲坐在爺爺面前，他看著我發出「啊啊——」的嗚咽聲，雙眼渙散看著我，知道他辨認不了我的存在，只是從他的眼神，讀出一絲對我的記憶，我緊緊握住他的手，他突然像是找回神智般，輕輕回握了我。

爺爺看著我，喊出我的名，接著擠出隻字片語：「時間……過得好快啊，阿公……不知道可以活到什麼時候……」接著他的淚，從眼角緩慢流下，我拿著衛生紙擦了又擦，沾上的眼淚，不僅是他的，還有我的。

寫下這一切的同時，彷彿道別如昨，歷歷在目，他的一切讓我感覺心痛不捨。

心底深處，開了一個黑洞，那個洞讓我不敢回望、不敢複習，知道他確確實實已經不在這裡了，卻又覺得他從未消失。喪禮當下，站在他的棺木前，痛哭失聲好久，我想試圖對他傳達更深的愛意，卻已經沒有更多機會。炎炎夏日，他長眠冰櫃，換上一件好看的壽服，像是安詳睡去，再也沒有人間瑣事、叨擾他的一切。我清清楚楚理解到，我的生命裡，有一個很愛我的人，離開我了，永永遠遠。我知道我的愛，不會因為他離開就消散了，我的心裡，爺爺還是存在的。

二〇二二年冬季，我看了紀錄片《神人之家》，影像著實刻畫了一個務農人家的鄉下生活，他們如何看待宗教信仰、如何遵循上天指引、如何與自然天災搏鬥，我從紀錄片裡，好像體悟到爺爺生前遇上的煩憂。小時候，我總喜歡在他的肚子上蹦跳，卻從未理解，他在務農返家後到底多麼疲憊。我好想念他跟奶奶一起種的水果，記憶裡，他種的水果總是那麼地鮮甜，他曾經打電話跟我談颱風造成的損失，我卻不知道，他面對那一片淹沒的土地，有多麼無助，我只是一個被他愛著的人，卻無法為他分擔。

觀看紀錄片當下，眼淚難以遏止，導演想傳達的，卻也是我的真心掛念，那是一種很真實、很深刻的遺憾。爺爺活著的時候，我無法為他做得更多，直到他離開以後，我才明白當時爺爺的堅強、爺爺的意志、爺爺深愛這個家的一切。

如果可以，我會像爺爺疼愛我那樣，永遠愛著他。

如果可以，能不能永遠都不要說再見。

這不是你的錯

記錄二〇二二年末最後一天，對自己說一聲：「新年快樂！」

剛看完了電影《心靈捕手》（*Good Will Hunting*），心好踏實。難以想像這部電影是如何在一九九七年前誕生？身心概念在多年前並不廣為流傳，當年也尚未撕下身心病的負面標籤，彷彿回顧了一個時代的體貼擁抱，我也乘坐了時光機回到過去，欣賞了演員羅賓．威廉斯（Robin Williams）的真摯演技。

經過時光洗滌，故事依然觸動人心，部分的我，也像極了故事的男主角威爾（Will Hunting），我們的內心住著一頭害怕受傷的野獸，受過的傷，生成了看不見的瘡疤，不敢拾起信任去愛任何人，強烈的自我防禦，讓我們只能一再逃避。

羅賓．威廉斯飾演了與男主角威爾定期對話的心理學教授西恩（Sean Maguire），他們從見面第一天就發生衝突，而威爾也並不信任西恩，即使如此，彼此的對話沒有定義在一方高尚、一方負責被治癒。作為心理師的西恩，選擇先行自我揭露，講述自己的脆弱與疼痛，真心同理威爾的過去，西恩與威爾之間不只是醫病關係，是以建立信任作為前提。

我想著，人與人相處亦是如此，時間雖能給出答案，卻能用不逼迫對方的方式要求調整，西恩希望威爾能以舒適的方式，好好延展自己、釐清感受，無論多麼脆弱，他會一直都在。我特別喜歡西恩在最後一次諮商裡頭，看著威爾反覆說著：「這不是你的錯。」

威爾在承接西恩一次又一次「這不是你的錯」的話語裡，不只呈現了慌張、惱怒、羞愧，甚至於最後釋放了內在小孩，他緊緊擁抱西恩潰堤，時間與耐心的催化之下，西恩觸碰到威爾內心真正的傷痛。他未曾以「我比誰都理解」的心境去宣揚自己的專業，只是緩慢地建立與威爾之間的信任，讓他能夠勇敢說出傷痛，西恩比誰都希望，威爾能跟著自己一起活下去，找到自己的無限人生。

我們也許都跟威爾一樣，對內在的自己進行無數次的霸凌，無論是原生家庭帶來的拋棄與傷痛，又或是自小因失去愛而摔碎了信任，多麼希望經歷過一切的你我，能如西恩所說的，這不是你的錯，你要好好的。

生活裡，存有太多人們無法預期的撞擊，讓我們無數次地批判自己，但有時真的不是我們的錯，練習原諒、練習不把他人傷痛帶進生命課題，保持適當的距離、劃出界線，其實也是一種學習。我們需要學會為傷害設下停損點，哪怕設下停損的過程，肯定會失去一些東西，可是我們也能試著相信，失去同時，也能得到更多無可取代的人事物。

蔡康永說過：「道理是我們幻想出來的，人跟任何人索取解決之道的時候，誤會了世界是有道理的，可是其實沒有什麼道理。」我們經常從他人身上尋求生命的解答與意義，那是很好的參考與借鏡，但我們必須知道，人無法在他人身上獲得完全正確、不悔恨的選擇。我們最多只能成為被引導的對象，無法預知結局，有時候，我們知道自己想要的回答是什麼，只是藉由他人的成全來肯定自己真正想要實踐的行動。

到最後，作出選擇的依然是自己。如果生命裡出現了「希望你好」而期待你去做什麼的人，請不要否認他對你的用心，於此之前，我們也可能成為這樣強硬的存在，執拗地希望對方依照我們的期待實踐，指示對方該怎麼做。但我們也能如西恩一樣，耐心去相信什麼，比起改變他人，我們更多能做的是陪伴。

未來，還會有很多人生課題，等著我們一一解答，我們無法決定他人在我們身上，投擲怎麼樣的喜怒哀樂，但我們能夠對情緒做出意願與調整，無論是拉開距離、釐清關係定義、找回自我，一切的一切，都沒有所謂正確錯誤，最重要的是不忘保全自己，當你照顧好自己，你會與威爾一樣找到生命的方向。

由衷相信人心是會改變的，如同《心靈捕手》最初的威爾一樣，曾經長滿全身的刺，憤怒於原生家庭帶來的苦痛。總有一天，我們會遇上讓我們甘願做出改變的存在，當你兜轉好幾年，那些幼稚的、懵懂的、無法參透的，經過更深層的自我探索，或許能長出更加茁壯的力量。

有時候，說再見，是不求此刻的互相理解，但願我們在各自的世界裡，好好活著。

冒牌者症候群

上一本新書出版，受邀到海苔熊 Podcast 聊聊，記得作品發行當週，剛好遇上了政府發出 Covid-19 的禁止出門令。專訪前，好長一段時間待在家，每日睜眼，面對的是家徒四壁，感覺就快要喪失社交能力。那時對「冒牌者症候群」的字詞尚不理解，碰巧受邀到海苔熊的節目上聊聊作品，提前看了訪綱做功課，才開始接觸到這個名詞。

原來，我們長時間可能都在為冒牌者狀態所苦。

過去我總是抱持著不夠好、不夠滿足，只要慢下腳步，彷彿就感受到自己正在慢慢流失價值，透過無數繁忙堆疊自信，填補內在自卑，沿路逃避的狀態，讓我有一天掏出真心問問自己，我真的知道自己在害怕什麼嗎？

我帶著這份疑問生活，轉眼間，就換了兩個住所。回頭看，這些日子在挫折裡打開了緊閉的心扉，起初我在黑暗裡跌撞探索，不知道該怎麼做，才是正確拆解自己的方式。回看原生家庭的課題，才發現自己長年困在冒牌者症候群的課題，我的成長過程，不斷追尋大人們的「肯定」，比起讚美，替代更多的是極端的責備，大人們不會因為你做得好，就願意再多給一點點支持。

當我從記憶的片段去一一深掘，發現自己的原地踏步，源自於不知道自己哪裡好，當我們怎麼努力，仍舊沒有自信走向「好」的狀態，又要如何從自毀跨出去，看見自己的雛形？轉換心態的過程，實際上很疼痛，長期缺乏自信的狀態下，要選擇改變，並沒有想像得容易，我嘗試尋找其他形式，來打破父母與同儕設下的框架，總渴望做些不被他人認可的事。

藉由逃避現狀，找尋對自己有安全感的團體生活，當你意識到，自己也不確定這麼做對不對，只是想掙脫教育體制束縛，我們的認知，慢慢被學校社會捏成了其他形狀，無論生長環境、人際關係、自我批判……所有元素串連起來，文字成了唯一出口，像是空盒子一般，我打開它，把所有黑暗都丟進上鎖。

透過書寫與閱讀的宣洩，幾乎不再以「說話」傳達我心中的好壞，我在想，世上是不是也有許多人活得如此孤獨？必須在漫長路上尋找答案，以及安慰的解方，而那個答案不一定會真正出現，我其實很慶幸「冒牌者症候群」在我的生命有所詮釋，讓我有能力檢視過去，透過記憶洞悉內在、探索內在。

當你在探索的過程，透過情緒勞動來釋放難受，雙眼濕了又乾，你會謝謝那個沒有退縮的自己。我們在腦海裡，透過一次又一次的回放，凝視傷痛、掀開被深埋的一切陰影，一道道不敢直視的傷口，不會因探索就擦去過往帶來的龐大影響，有時你得試圖走到願意陪自己練習探索的外在環境。在那裡，你能透過他人反饋，發現脆弱和需要被修正的地方，站在不堪面前，每個人的話語就像一面鏡子。

這恐怕是你這輩子都不想去看的，又或者壓根不想觸碰的課題，你肯定會感覺身心被狠狠蹂躪，感覺萬般不舒服，不過，那正是復原的必修練習。你得相信人是物以類聚，任何陪伴不是徒然，珍視降落身邊的一切，我們身上一定有同樣的精神理念、觀點，所以才能吸引彼此。我們是因為相似所以靠近，就算不小心因為言語碰撞，彼時有人誤會離開，也肯定會有人願意留下來。

從前的你，感覺身上貼著不完好的標籤，像是一道醜陋的印記，如今你已經長出了小小的力量，對比過去家庭無法帶來的支持，你能從「給出去」開始練習，你願意主動看見他人付出與投入，接受別人的溫柔與同理，長成一個能成為他人後盾的人。又或許，我們給出的支持，也都以無形的方式，將一個人從冒牌者症候群的狀態裡，拉出害怕的囹圄。

你總會因為自己的伸手支持，讓生命變得有一點點不平凡，我們都有可能，成為他人生命裡的小小支持，就算暫時失去自信、變得一無所有，但我們有機會為自己重建信念。縱然我們都還在脫離症候群的途中，不過我們已經意識到它了，從發現到共處的每一步，比起一無所知，我們正擁抱其中。

我們不再純粹從他人身上得到單向的認可，自己也能主動瓦解脆弱，成為給出溫柔的存在。

微小敏感

你玩過《尋找威利？》（*Where's Wally?*）的遊戲嗎？

當威利調皮置身在錯綜複雜的人海之中，你必須騰出時間從畫裡尋找，有時當你費盡心力探尋，仍無法辨識藏身其中的威利，這份駑鈍，若要切換現實，一切都是天性安排。敏感如我，容易察覺關係變化，沒有發生的事情，也能透過微小觀察全部串連一起。

天生五感，並非我們能自控，季節更迭、濕度變化、聲光抵抗與脆弱、心跳起伏，高敏感是難以卸除的天賦，有時分不清楚是好是壞，偶爾也會產生瘋了似的厭惡，不過，我想我是喜歡跟敏感並存的。

過去在反覆的否定裡，生成了憤怒的情緒，練習接受其實是不易的選擇，承認敏感，也間接承認了這份敏感傷害過誰。敏感與防衛機制與肉體共存，知道一個人說過的話造成傷害，因而豎起尖刺，我們將所有憤怒加總，以最深刻的方式回擊，僅僅希望他們知道，我們經歷了多少撕裂、多少背棄，才消化了這些疼痛。

當過往所有反抗與情緒生成，也烙下了我們傷害他人的事實，作為傷害的發起者，必須知道這不是一件光明磊落的事，假使我們還願意給自己空間，其實是能主動作出選擇的，讓我們練習安放受傷的感覺，理解每次碰撞都是求好心切。

總有一天，我祈禱這些敏感能變得從容，讓交集的對象，能重新看待高敏感的你我，雖然我們無法改變一個人的善惡意識，但只要願意給出一點點同理，就能成為生命餽贈最溫柔的禮物，也是天賦賜給我們的可能性。思忖生命有那麼多選擇，為何人不全汲汲營營往同一個方向去？

那肯定是我們身上擁有無可取代的特質，我們書寫、創作、歌唱……用其他形式讓生命被歌頌，世上總有空缺，是留給適合的人填滿，我們活著，也一定只有我們才能做到的事。

勇敢承認敏感，雖然不容易，負面標籤貼在其中，未必能輕易撕除，當我們說出怯懦，也可能被歸類在不夠勇敢，但其實我們永遠都不需要為別人證明，你要知道「獨特」是我們的存在價值，練習不否定、不自卑，要相信難以計數的相遇裡，總有人會愛上我們的敏感。

你要先比別人洞悉它，讓身與心都是清晰的，沒有人可以幫你界定，你能照顧好自己的微小敏感。

你的選擇

初入社會，為了還清學貸很努力掙錢，作為一名新鮮人，當時沒有什麼理財概念，一心覺得負債是很有壓力的事。我在想，如果當時的我能跳脫思維，以另種角度去看，或許就能找到更舒適的生存方式。當時執著還清手邊負債，幾乎沒有喘息時間，去思考自己想要什麼，我猜想，那與我如何看待自己的「自由程度」有關。

那時我聽朋友這麼說：「學貸利率其實很低，我不會急著把錢全部投入還債，也許我會拿來做別的投資。」當時思維還好生澀，朋友的話，立刻變成了耳邊風，沒能好好收進心裡，更沒耗費心思去理解利率與複利的重要性，拚命在湍急的時間裡奔跑，沒有餘裕用另一種角度深究理財，現在想想，如果能有機會回到過去，我想對大學時期的我說：「比錢更重要的事，其實是你自己。」

大學時總在「打工、課業、戀愛」三點忙成一線，以苦力奔波，記不得我們專注什麼，青春大概就是痛痛快快去做一些毫無脈絡的瘋狂之事，戀愛也好、喝得酩酊大醉也好，也曾跟朋友深夜於市民大道上喝得好醉，哭得猖狂，導致我再也不敢隨便碰酒，只怕吐得滿地。知道這些荒謬都曾經存在，成了印記，但青春大概就是當下的我們，能好好揮霍人生的其中一種方式。

人生看似是在一個荒謬的圓圈迂迴，又或者點與點之間無功往返。青春的每個當下，都是建構未來的部分，我們能專注的都是眼前的事，未來看似遙遠，每個選擇，確實都影響了要去的遠方。有時過得很辛苦，是因為你沒有力氣，停下來看看想去的方位在哪裡，如果可以，我希望能對當時的我說：想一想現在的我，真正想抵達的未來；而現在的我，又能帶給自己什麼？

時間看似以直線不退的方式前進，其實都在發散，如果某些物件單獨存在（金錢、學習、思維方式），只是放著，卻什麼都不做的話，未來不會真正改變，當然，期待的事，也不會以加倍的形式回饋生命。當時間加上你所投入的一切，產生了交集，你渴望前往的未來，絕對不會是毫無意義，你要相信時間、相信自己，相信所有付出，會用意想不到的方式回應生活。

這世界並不是「你選擇了什麼，就只能往這個選擇前去」，只要持續投入，時間比你想像的能回饋你更多。我也與每個人一樣，當時越靠近畢業，內心就越慌張，睡醒睜開眼，想像自己的未來一片黑暗，那時的我，思考自己究竟能做些什麼？每日在掙錢還債的循環裡，沒有能力停下來自問。唯一的對策，只是拚命橫衝直撞，為了趕緊結束「負債」的狀態，我無力為自己做出更多投資，當時只是全然埋頭苦撐。

不確定即將走進社會的你，是否也苦思同樣煩惱，總以時間換取金錢，對於動彈不得的自己，感覺憤怒傷心？我也曾是一心渴望得到，撞得滿身傷，伸出手想要用力握緊，卻沒有力氣握住現實，偶爾累了，就在現實裡嚎啕大哭，為了逃避，有時也會選擇背道而馳，讓自己離夢想越來越遠，那是一種反骨、一種叛逆，一種逆著對撞現實的怨懟和反擊。

當時不管怎麼做，都無法消除「渴望」的心情，心裡確實存有一個夢，為了寫作，沒有其他方法，我感到無比痛苦，如果現在的你，也和那時的我一樣，我會說，心裡有夢的人，活得很真實，世界上確實有許多人，都還找不到自己想做的事情。

心存目標，就能在重複的生活裡找到方位，不再只是迷茫度日，生活本就是無能為力，此刻更需要傾聽自己的心、為自己指引。當我們無法以喜歡的形式維生，卻怎麼也有實踐的決心。對於沒有金錢餘裕的我們來說，即使難逃四面八方的狠狠批評，那樣也沒關係，外界始終存在各式各樣的聲音，讓你我不停懷疑自己，那些懷疑終究會在夢實現的那一刻，煙消雲散。

當你迷茫，當你厭倦生活苦痛，當你感覺孤身一人，請回望初心，記得我們的選擇，最後依附的都是自己，我們要做的是，透過生活的跌撞與指引，找到真正想去的方向，無論經歷多少失敗或衝突，都是為了讓自己有機會看清前方的途徑。

把層層烏雲撥開，光芒就在不遠處，想要朝向有餘裕的未來，別忘了在無限時間裡讓自己變得富有，這份富有，不單純只是金錢，把更多時間與實踐專注在自己身上，時間加上對自己的養成，複利滾出更完滿的人生，試圖靠近自己的夢，放下對自己的批判與無能，要相信絕望的未來，也潛藏好多好多的可能。

哪怕原生家庭帶給我們的選擇很有限，但我們給自己的選擇，永遠是無限。

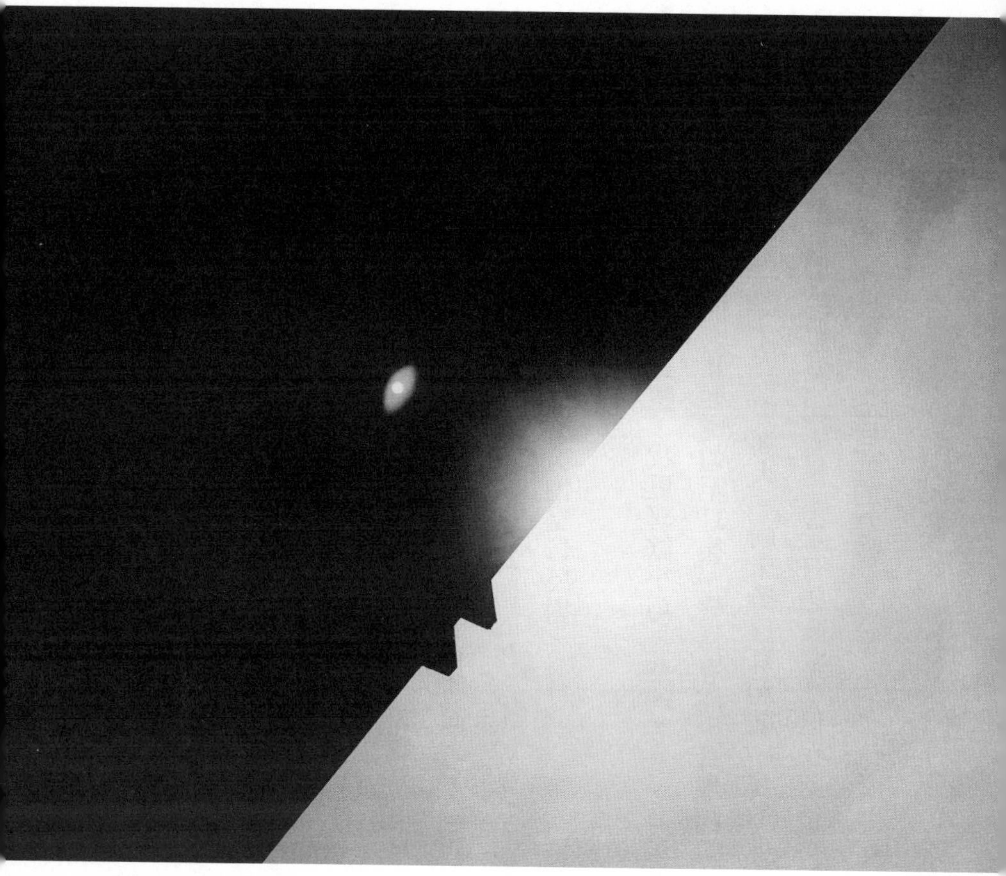

耳環

妹妹出生沒多久，為了避開算命師說的血光之災，打了耳洞，從小看著她的耳洞，心生羨慕，鑲嵌在耳垂上的環，閃閃發光，有一種堅強成熟的感覺。雖然我十分嚮往，但家人對耳洞有所顧慮，身體髮膚受之父母，耳洞在父母看來好像是一種損害身體的作為，於是我對穿耳洞的願望越來越滿，心裡渴望，卻又害怕父母反對。

我發現相較於明顯的耳墜，我更喜歡小巧一些的設計，耳環的點綴，是曖曖內含光，當一個人將髮尾勾至耳後，變得專注，耳環因光線投射，擦過一絲隱約微光，一切都很迷人。尚未擁有耳洞前，我的理想擇偶條件是必須擁有一個耳洞，聽起來是不是有些幽默？但我就是喜歡擁有耳洞的人，好像我們終於能決定自己的身體。

我的肌膚比起一般，格外容易過敏，下定決心打耳洞以前，我思考了好久，周邊的人問了一輪，問他們痛不痛？幾乎沒有人跟我說疼，只是提到後續照顧要特別小心，為了避免過敏，我選了間衛生技術兼具的醫美診所。打耳洞前，診所特別吩咐，要我們準備一對合適的耳環，如何找到一對不讓耳洞發炎的耳環，我想著該去哪裡好？那時我想，無論旁人怎麼告訴我，最終體驗的人仍是我自己。

打耳洞當週，急忙拉著一起打耳洞的朋友，拚命逛街，繞了幾圈，經過好多首飾店，我卻絲毫不心動。直到經過轉角一間小店，頓時被一對耳飾吸引，簡約不已的幾何設計，卻帶給我心動的感受。對於耳洞初學者的我來說，這對耳飾，似乎有些超出預算，我看著它，幾乎能想像使用後的場景，有時買東西是一種直覺、一個瞬間，若缺少感覺，無論挑了多少，都還是有一種不滿足。

我選擇了一個三角形、銀色的，防過敏的款式。

古時候的煉金術，時常會將一些元素符號作為隱喻，三角向上、向下，象徵了火與水，而三角又具備著「穩固」、「成長」的概念，沒想太多，當時就覺得是它了。直到打完耳洞，看著它順利扣至耳上，我在心裡忍不住輕輕吶喊了一聲：「太好了！」有些東西成形後，莫名覺得有些遺憾，但我知道這一切都很順利，沒有任何發炎、也沒有過敏、沒有覺得可惜、沒有因為朋友嚷嚷「打耳洞不需要花這麼多錢」而被輕易左右，信任自己的決定。

從擁有耳洞的那一天起，每到年末，我總會為自己安排一個慶祝儀式，那便是在新年之初，前往同間小店，為自己選購一對新的耳環，這是我送給自己的新年禮物，更是形式上的紀念。隨著抽屜每多一對耳環，我就多成長了一歲，我的身體，也伴隨著我留下了更多美麗的紀念。

如何不迷路

重新玩起推特（Twitter），申請一組新的帳號，社群種類因科技進步而繁增，人腦要記住的密碼太多，記不得，也只好依賴「忘記密碼」的功能。

上一次玩起推特是什麼時候？

我已經記不得是大學，又或者是更久以前。如今推特被馬斯克收購，多年前誰能想像它會被外國人買走？河道上多了廣告雜訊，也可惜失去了美觀，即使如此，只要依附的人持續使用，有商機的事就不會停止，那也是我們反覆被科技綁架的原因。

重回推特懷抱，只在上面發了少量訊息，我篩選有效訊息，根據自己喜歡的作者回覆、按下追蹤鍵，人們要如何學會媒體判別？最需要掌握的是由自己主動選擇，而不是被選擇。使用推特的群眾多為日本人，喜歡次文化的我，喜歡在上面讀取新知，生活看似無關要緊的累積，其實都能成為養分。藉著閱讀訊息來練習語言與文化，探索不同世界的人們，正熱烈討論什麼、好奇什麼，讓我能有機會透過科技理解當地的使用習慣，無意識地吸收，也為我帶來了豐收。

經營自媒體，每一天再累都要求自己記錄些什麼，寫寫日常隨筆，從小小的隱喻開始用文字練習傳達，從前膽怯著展現更多的自己，現在不再避談生活裡的 The Moment，每個瞬間都無比珍貴。當你不小心在生活裡迷路，就翻翻過往寫的文字，思考什麼樣的事物，讓你願意關注三年以上時間？就算只是少少地以「日」為單位開始累積，你也比別人多奔跑了三年，不知不覺間，你已為自己累積了無可取代的經驗。

處處充滿舞臺的世代，如何運用科技帶來的便利，我認為「判別」是很重要的能力，經營社群，很難不被數字聲量綁架，主動與被動，將會影響怎麼定義工具在生活裡扮演的角色。我重視所謂的社群正義，網路能讓一個人幸福，也可能讓一個人不幸，被害與加害者其實只有一線之隔，我們離「惡」非常靠近。

我讀過《被消失的貼文》一書，裡頭描寫了日本曾發生這樣的真實事件——

一位名叫唐澤貴洋的律師，最初只是協助委託人要求移除日本最紅的討論區 2channel 的相關誹謗貼文，發布聲明同時，也暴露了自己名字，後續網友展開一連串瘋狂肉搜，甚至收到了死亡威脅，網友持續追蹤他的一舉一動，生活無所遁形。臺灣一方也收到了以「唐澤貴洋」為署名的炸彈恐嚇信件，標示「權力屬於無聲的人。在一個無愛的時代的愛。一個新的時代。」你說，這聽來是不是太瘋狂可怕？

活在新的時代，你如何做一個不被輕易左右的人，不淪為媒體操弄的對象，不被社群追蹤數綁架心情，你要為自己長出一雙明亮的眼，對萬物保有正反價值觀的空間與好奇，為自己守護信仰。活著最帥氣的練習方法，就是不斷為信念加持，把理想生活收進心裡，世上沒有絕對不迷路的方法，但我們可以反覆提醒、反覆坦誠、反覆相信，把自己活成一個能指路的人——能為自己指路，也能為別人指路。

以愛填滿

新年假期的時候，母親要我回家一趟，說好一起吃頓年夜飯。

這些年奔波在外，無暇顧及時間流逝，晚飯後，我在廚房洗著碗，彎下腰，發現流理臺與身體有著落差，洗著洗著，反倒覺得有點吃力。我想像母親在這個地方切菜、洗著碗盤，忍不住覺得有些心疼。那一晚，發現母親的手藝變得遲鈍，菜依然很好吃，只是煮飯的形式，也與從前變得不太一樣，作為一個喜愛下廚的人，我了解煮飯的喜悅與辛苦，知道她再沒有多餘的體力，簡簡單單幾道菜，我的心卻充滿了感激，看似不變的一切，卻有著必須正視的改變，母親還是母親，只是換我為她遮風避雨了。

想起小學時，班上同學為了園遊會奔波著，老師為每個人準備了任務，而我剛好被分配到要販售的紅茶。知道母親工作十分繁忙，很少開口請她參與班級的活動，那天她在聯絡簿上看到老師寫下的備註，轉頭看著我說：「那麼大桶的紅茶，妳拿不動，我煮好開車載妳上學。」

園遊會的前一晚，母親在廚房一人煮著紅茶，茶水滾燙的啵啵聲，香味從廚房陣陣傳出，她看顧鍋內以湯匙不斷攪拌，緩慢加入砂糖，一邊嚐嚐味道，那是我鮮少感受到自己是被愛的，那一刻我的眼眶濕濕的。那時我並不曉得為什麼會如此想哭，只是那份感受，與我吃著年夜飯感受到的心情是相同的，不管是那個當下還是現在，同樣的感受再次浮現——我們都不擅長被愛填滿。

華人社會比起把愛掛在嘴邊，更習慣用行動掩蓋說不出口的一切，我與母親的相處一直都是如此，有些疏離、有些靠近，有時候我認為「沒有消息」就是最好的消息，那讓我們知道彼此一切安好。

那一晚年夜飯，脫鞋入門的瞬間，母親看著我，笑著說：「怎麼過了那麼久，妳還是穿著同樣的鞋子與包包？每次都用一樣的東西，不會想換別的？」接著她又說：「這樣也挺好的，不用煩惱要穿什麼，很簡單。」

對於一年見面兩次就算得上頻繁的我們，她總能記得我使用的包包與鞋子，我脫下鞋，笑著回答她說：「這樣我就不用花時間去考慮要穿什麼，真的很方便。」

輕淺的問候，短暫的相聚與寒暄，那晚年夜飯，妹妹並不在家，家裡只剩我與母親，連電視也不知道怎麼設定的我們，各自滑著手機，吃著過鹹的韭菜炒花枝，記憶裡美味的客家小炒，味道不變。親愛的母親，依然還是我的母親。

輯四

又是美好的一天

再活得更確定一點

倘若手邊有五十道題目，用以快問快答，我想自己是難以立即給出肯定回應。

專訪馬克瑪麗時，聽馬克說，他會拿手邊訪題回問自己好多遍，每一次都以不同方式進行自問自答，透過練習掌握訪問節奏，也能看見自己的進步，他甚至讓自己在每次訪問裡，給出不一樣的答案。

這個練習聽起來很有趣，用反覆探索的模式，釐清原本模糊的狀態，讓自己變得更加熟練，而這樣的練習也需穩定心性。有時我會想，自己到底是活得多麼不確定，才會對自我如此模糊？或許是成長過程裡，需求層次出了問題，也可能猶豫不決跟優柔寡斷是我的天性。憧憬著那些充滿自信、能很快拋出需求與解答的人，他們究竟是如何站穩內心搖晃的天秤，好好守護自己的觀點呢？

截稿前夕，我坐在電腦前，拚命敲打鍵盤，滿心慌亂，感覺世界顛倒旋轉，時間瀟灑向前，沒有餘裕，那時我果斷按下一通電話，馬上求救總編輯，告訴她現在的我有多麼無助，坦誠地與總編輯婷婷說出：「我對自己的書寫，充滿著不確定。」她溫柔堅定地告訴我說：「我們還很年輕，短時間對萬物吸收，內心一定會產生很多變化，那是正常的事。」

結束這通電話，回顧年初寫下的字，不知道為什麼帶有一些羞愧，甚至想把這些文字用橡皮擦擦乾淨，總編輯婷婷沒有否定我，甚至告訴我，那都是我的一部分，我的文字，記錄了我的成長、我的思維、我的改變，如果是我也無法認同的文字，那就好好藏起來，只要給出自己認同的文字就好。

某些時刻，我感覺到自己越活越不明白，那不再是喜歡或討厭該如何分辨，而是能否透過吸收，轉化為自己的觀點再重新定義。這一年，我報名了女性書寫班，忙碌裡硬是擠出少少的時間，每週以極限繳交作業，從老師的反饋裡，好好感受「書寫」，老師說：「創作其實是一輩子的事，要我們為自己而寫。」她們不時提醒我要鬆鬆地寫，不要緊張。

我一直認為，創作需要肩負責任與進步，這麼想，就更是躊躇不前，現在的我想對自己說，試著再活得更快樂一些、更確定一點。這些時光，陪著我譜出千萬回憶，一同感受喜怒哀樂的讀者，如此真實存在於我的書寫裡，當我從模糊裡伸出雙手，隙縫間透出現實與脈絡，這一切都是那麼不可思議。

或許有一天，我也會回顧當初慌亂的種種，感受到自己是真的向前走了。

生命裡的種種不確定，說不定都是我們對自己的疑問，我們不停向外尋求更多價值，卻忘了向內自省自問。過去不明白療癒的必要性，如今理解，那是一種覺察的方式。只要活著，就無法避免他人對你給出評價，但那終究都不是我們對自己的認知，他人擅自貼上的標籤與期待，不代表我們的真實模樣。如果有一天，我們能聆聽別人，也能篩揀好的部分給自己，那過往因外在聲音而躊躇不前的一切，想一想，會不會只是我們迷失在別人的敘述裡。

知道我們都還在航行路上，狠狠失敗也是一種經過。有人說，失敗是抵達的中間過程，接受自己的不確定，從失敗的地方站起來重新檢視，至少發現了一個不合理的地方。當我們一個一個刪除不合理以後，我想「確定」就會在未來等待我們。

又是美好的一天

我是一個很喜歡看紀錄片的人。

日本早期有一個節目叫做《情熱大陸》，專門側錄名人工作與生活，透過貼身取材，能看見他們多變的面貌，這也是引發我喜歡上紀錄片的契機。藉由影像貼身記錄，看見更為私密的一面，無論對應工作或生活，高壓之下，他們是如何養成自己的人生哲學，那些都讓我覺得十分受用，從鏡頭看見他們專注面對工作、如何直面生活挑戰，渺小的我，坐在螢幕面前，深受鼓舞與感動。

早期年代，沒有所謂ＯＴＴ平臺，也沒有訂閱制，更不容易見到中日翻譯的高解析影像，當時的我，顧不得日文好不好，也不在意是否有語言隔閡，只是憑著熱情跟粗淺的日文能力，就硬著頭皮去理解。我在想，不管懂不懂、會不會，只要打開一顆好學的心，試著碰觸不擅長的事情，也是一種成長的形式。

看著節目的出演者，一個人能走到發光之處，背後藏有太多辛酸。即使無法完整理解語意，仍受到這些紀錄感動，觀察多數名人尚在稚嫩時，就被要求以專業之姿登上舞臺，甚至必須捨棄青春生活，讓自己成為演員、歌手。他們把未知的夢想視為目標，即使實現了目標，也得想著如何維持在高處，你無從預知何時重重摔下，扛著巨大壓力，他們只能提醒自己保有初衷，不斷突破過去的自己、呈現更多元的面貌，我大概也是從那個時候開始，就喜歡看看別人是如何堅持自己的夢想與生活。

近年興起了訂閱制，ＯＴＴ平臺也變得很多元，平臺上架了很多珍貴的紀錄片，不管是針對社會議題、時事、名人專訪、演唱會紀錄，影像呈現的模式也變得相當精緻，讓我有更多機會探索他人的生活。

我看了很多名人的紀錄片，其中讓我印象深刻、複習了多次的紀錄片，是日本知名歌手 LiSA 的紀錄片《LiSA：又是美好的一天》，LiSA 是從日本岐阜縣出身的孩子，比起東京，住在更為偏遠的城市。她從小內向，也喜愛唱歌，母親為了讓她克服內向，讓她到音樂學校就讀，高中畢業以後，她專注地學習音樂，她在紀錄片中提到，音樂讓她失去很多，但也讓她更努力緊緊抓住音樂。

觀看這部紀錄片，我寫下很多筆記。影像裡，看見她跟家人之間的和睦，年幼時 LiSA 的母親選擇離婚，即使過著十分艱辛的日子，母親也為 LiSA 留下很珍貴的生活哲學，那就是無論今天過得如何辛苦，也要對自己說：「今日もいい日だ！」（今天又是美好的一天！）

看著 LiSA 展露的每一次笑容，總是充滿了元氣，看似前途光明的她，也是從谷底步步攀登自己的夢。如果你不知道這位歌手是誰，那麼你或許聽過《鬼滅之刃》這部作品，又或是〈紅蓮華〉這首歌，這首歌曲的名字由來，正是出自 LiSA 的想法，我認為……那是一個很深刻的起心動念。

祖母告訴我說，「蓮花從淤泥中生長，只會在白天開花，它們朝向陽光伸展，並在水面綻放。」

有一個名為「紅蓮地獄」的地方，是人們死去之後受到懲罰的世界，那個地方非常寒冷，冷到你的皮膚脱落、全身如紅蓮花綻開，布滿鮮血。

我將這首歌取名為〈紅蓮華〉，引用了紅蓮地獄的「紅蓮」，以及意指著花的「華」，有些心願，是你達成以後，彷彿滿身疼痛地鮮血直流，另一種，則是朝向陽光，如希望般綻放的蓮花。

我終於了解到，為什麼祖母這麼喜歡蓮花，我覺得，這很像我的人生。

當你聆聽 LiSA 的音樂，每首歌傳達的情感，讓聽者不禁產生了一種共鳴，如此不易高攀的音域，渾厚的唱腔，經由鼻腔、呼吸，用盡全力撐開橫膈膜，一次又一次，我從她身上獲得了好多感動，LiSA 從來不是一名歌唱的天才，可是她的聲音充滿了堅定與勇氣，我總能從她的歌聲獲得力量，帶著感動回歸生活繼續前行。

好難想像，她是如何在日復一日的迷惘裡，告訴自己，要堅持走在音樂這條路上？或許是母親送給她的那句咒語，「今日もいい日だ！」讓她在面對辛苦之際，想起母親也是藉由這句咒語，撐過那些辛苦的日子。有些時候，我們勢必得咬緊牙關，才能在喜歡的路上堅持下來。

我想，自小我就了解到，生活……非常孤單。

但也因為這樣，每當感受到朋友跟人們的溫暖時，我都會非常感動。

我的家庭和我的團隊，總是保持一定的距離，但我並非刻意塑造距離，只是當他們不在我身旁了，我將會非常難過。

因為我知道，一旦過了某個點，接下來就是我一個人的戰爭了。

保持距離，確實是一趟非常孤單的旅行，就像LiSA所說，無論如何，我們都得回歸孤身一人勇敢前進，不管當時的我們作出什麼樣的決定，相對交換的，是我們自身擁有的一切，或許是情感、時間、日常、籌碼，每一項都與自己息息相關，這一切，都是源自我們的決定。

有時必須懷著「獨自」的決心，想著這是我為自己決定的心情，保有對事物的判決與思考空間，我相信維持舒服的距離，也是一種篩出自我的方式，站在人生、愛情、選擇面前，我們必須存有理性，學習心如止水地作出選擇，理解孤獨的意義，並且與之相處。

作出「選擇」這回事，到頭來都是一個人的戰爭，作為任何人的家人、朋友、伴侶，無論你是什麼樣的角色，我們唯一能做到的，是祈求活著的人能夠幸福。

因為明天仍然會來臨，而我知道，一天結束的最後，你也夠溫柔地對自己說一聲：「今天，又是美好的一天。」這個世界上，唯有你才能賦予今日的意義為何，而我們都是自己最重要的存在。

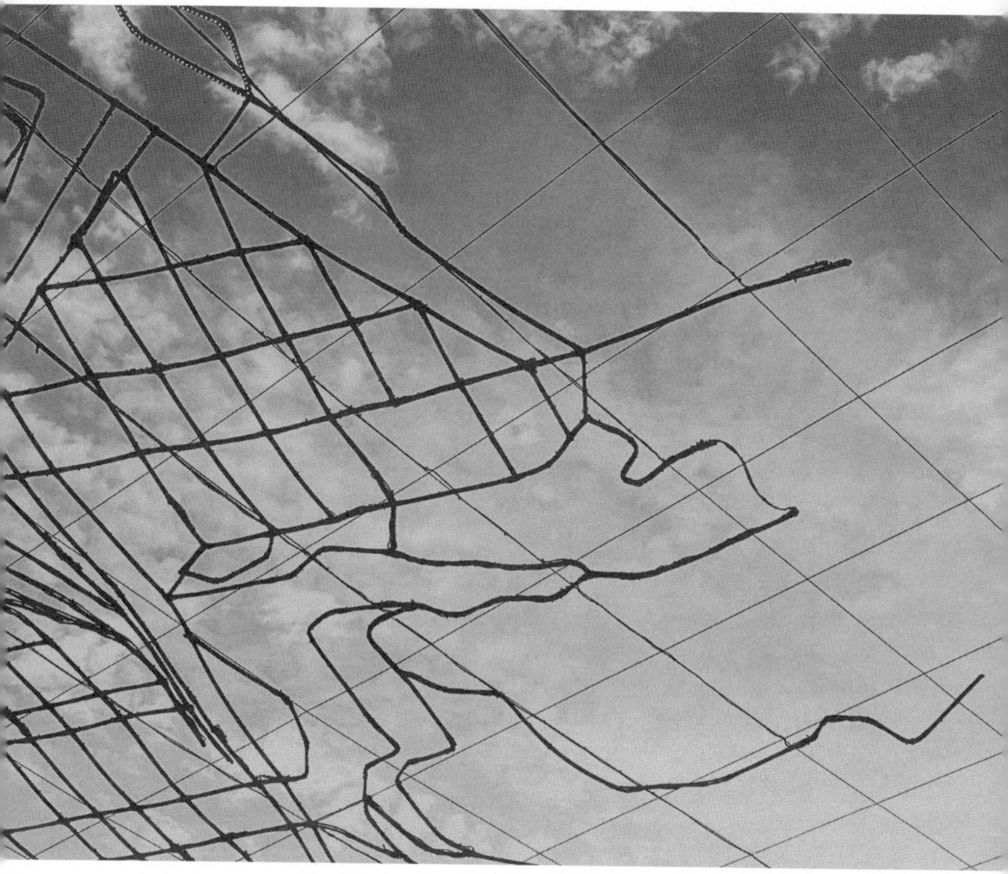

179

又是美好的一天

赤峰小吃店

連續上班多日的疲憊，拖著馬上能失去意識的自己，酷暑之下，繞了點遠路，鑽進赤峰巷內。

我很喜歡那間舊舊的赤峰小吃店，穿越門口排隊的人潮，掀開那面霧色透明的門簾，阿姨不忘抬頭對我說一聲：「來吃飯了呀？」店內的桌椅不多，每回尖峰時刻，我總會被擠去角落邊。

我一如往常，點了碗愛吃的蔬菜湯飯，沒什麼過分調味，清清淡淡，總能嚐到蔬菜的甜、少許的鹹，我能感覺到阿姨對待食材的真誠，都融進湯裡了。阿姨說，每回親自前往早市採買，細心篩選，只為客人煮上一頓好吃的飯。每次我都按例點蔬菜湯飯，入碗的食材，總隨著季節變化不同，南瓜、黑木耳、花椰菜、蘿蔔、芋頭……我從這些料理吃進了季節，吃進手藝下那說不出的溫暖與美味。

二〇一八年，狀態好差的時光，那時臉上脫落的不只微笑，明明是好愛吃東西的人，無論甜的、鹹的，沒有一項能剝奪我入口的喜悅，當我知道自己失去的不只是一頓飯，而是共同吃飯的對象，回憶像是被惡意塗改，對坐的人，五官變得模糊不清。

究竟是從什麼時候開始，喜愛的蔬菜湯飯，味道開始和著多餘的鹹？那時的我從中永和被迫搬至樹林，不只物理上歷經遷徙，內心也有著撞擊，吃什麼都是索然無味，舌尖失去了味覺探測器，生活重心慢慢流失。半年就這樣渾渾噩噩的，乘著區間車來回臺北，喀嗟喀嗟，晃掉的，是我對生命的渴求，還是某部分的我？我從沒想過，要好好維持三餐，遠比想像困難。

高中時期，一人在外生活多年，獨立本是件不難的事，只是從親密關係回歸一人生活，才發現各方面調整都好難，失眠變得頻繁，進食成了維持身體運作的儀式，不管怎麼吃，每一道菜吃進嘴裡都變得無味。

填飽的意義，究竟是為了不要傷心，還是因為吃下去，才不會讓別人擔心？

同年八月五日，正好是母親生日，細數自己在這些日子的努力，一點點、一點點，我努力尋回味覺，那日坐在小吃店，耳朵傳來新聞播報的字句，清清楚楚滲透到我的耳裡，「香港歌手盧凱彤驚傳墜樓身亡……」

放下手裡的筷子，愣了片刻，抬頭凝視電視機，傳來快訊，主播說的話像是一陣重金屬撞擊，不知道為什麼，所有哀傷突然連成一線。尚未咀嚼完嘴裡的白飯，無限難過，朝著我的淚腺襲來，蔬菜的甜，替代的是唾液參雜了很鹹很鹹的味道，飯粒變得黏稠，夾雜咬爛的蔬菜，沒有人在那頓飯裡告訴我，究竟該怎麼停止難過？

我知道，眼淚全流進那碗湯了，為了沖淡這股黏稠的味道，我努力再喝幾口熱湯，鼻涕眼淚混雜一起，顫抖的手捏著蹂躪的衛生紙，不管怎麼用這團爛去的衛生紙擦掉眼淚，卻怎麼也擦不乾淨，生命裡最摯愛的歌手，同年這一天離開了我。

世界頓時暗了下來，這是我第一次，沒有在這間小吃店，把我最愛的那碗蔬菜湯飯吃完。

清晨時分

當你嘗試無數遠離失眠的睡前練習，數過綿羊、聆聽白噪音、讀些難以意會的書，有時在腦海想像的，都是可行的方法，一旦面對光線音頻造成的焦慮，沉睡之前，所有手段都變得毫無用處。

我很想相信生理時鐘是注定的，面對「晨型」與「夜貓」二分法，也許自己更靠近後者。服藥至今邁入第五年，反覆想著為什麼總是睡不著？失眠，像是貼在身上撕不掉的標籤，但轉個念，如果我將白天黑夜視為顛倒的存在，我想我也是一個常人了，但那樣又如何呢？對於不正常、不相同，其實也沒關係，因為我知道，這世上不只有我一人為失眠如此煩惱。

去年進行了兩次搬遷，隔壁是間學校，早晨八點，固定響起早自習的鈴聲，有時除了鐘響，也會帶點驚喜，那正是惱人的校內施工噪音，模糊在鐘聲與施工的交錯之下，朦朧的意識，也開始進行半夢半醒的交錯，感知正在運行，只是每種聲音對我來說，聽起來極其敏銳，無法不被影響。對比從前，糾結於生活的不順遂，現在的我，反而更想好好接受敏感的自己。

我想幫自己撕下貼在身上「失眠」的標籤，不再想著他人如何定義，我也曾幾度考量生理時鐘，打算尋求夜間工作，想著那麼做說不定就會降低痛苦。我不斷地尋找合適的工作模式，想著如果有一種工作，能為失眠的人著想，那會是一件多麼體貼的事呢？尋求同時，我也逐漸明白，世上確實存在無論如何努力，也無法變得適合的事。不舒服的狀態，不能練習將就，必須發自內心接納自己，才有辦法走得長遠。

最初被迫朝九晚五的工作模式，竟是那麼不適合我，每次早起，內心迎來巨大痛苦，乘車尖峰人潮擁擠，忍不住暈眩想吐，好幾次，搭車到一半就得緊急下車，差點因過度換氣失去意識。有一回，再也顧不得別人眼光，當下身體冷顫直發，視線陷入一片雪白，我不假思索就地蹲下，坐在一旁的奶奶見狀，趕緊直拍我的肩膀，她貼心緊急讓座，而我也接受了好意。當下的我，沒有多餘的心力婉拒，只是感覺深深地抱歉，隨著發作次數越來越頻繁，讓我不得不正視原因，終於鼓起勇氣切斷一切惡循環，試圖找出背後緣由。

這些日子讓我理解到，原來身心活成一線，不分白天黑夜，若想好好生活，就得戒掉任何不舒服的勉強，沒有什麼值得委屈犧牲，又或者強迫習慣。哪怕身體願意為我們承擔一次又一次的極限，終有一天，身體會消耗殆盡。打從一開始，我們就該練習接納自己與他人不同的狀態，那才是真正的體貼，知道自己的身體運行本就如此，此時無法調整，那又何須勉強捏成其他形狀？長年為了失眠的課題煩心，面對他人無數的好心提點，偶爾伴隨千萬數落，那些來自伴侶、同事、好友、家人，他們嚷嚷著早睡才是對身體好，卻沒有人理解「無法自控」的事實，那是多麼扎心的感受，長期無法對外表達困惑與疼痛，只能反覆與感受共存，讓自己變得無感、不在意。

一直以來，總以滿足他人期待為前提，拚命努力，當「好心提點」的話語竄入耳裡，我對重複告誡的叮嚀、無法對齊的觀點，開始感覺厭煩憤怒。比誰都靠近痛苦核心的我們，除了當事者，誰都無法親身理解，面對無法用言語好好傳達的煩惱，那些苦痛，有時是一種折磨，是多想改善，也終究無能為力。

我想除了自己之外，沒有人比你更了解自己的身體狀態，我不厭其煩地在那些好意裡，與他人拋接練習了好多次，稍微能以平靜之心去應對，不再為了無法連成一線的價值觀，感覺不快樂。我在心底劃分出一條界線，你是你的，我是我的，不依照誰的想法，我也能活出快樂。

如果有人也陷落於失眠的苦楚，又或者嘗試無數方法卻不得其解，我會說——

不勉強也沒關係，擁抱異於常人的獨特，以舒適的法則與之共處，對於不被理解的冷言冷語，我們適度給出安全距離，遠離他人的負面數落。有些溫柔，是真心為自己的好，有些建議，是傳達一次就已足夠，當話語安全抵達了，改變成了個人選擇。我相信總有一天，我們一定能遇見，那個理解你、擁抱你，不再奢求你改變的人事物，我深信那樣的陪伴是以「好」為出發點，卻也不忘給出尊重，他會在不遠處，耐心等著你慢慢前進。

紓壓與著迷：跑跑卡丁車

多年前，身體檢查出進食方面的問題，習慣用「食物」來消除壓力的我，沒能發現身體早已無法負荷，無意識吃下過多的熱量，甚至以分量替代苦痛，試圖從「餓」循環裡掙脫。但要放下對食物的執著，真的是一件難事，面對難以癒合的進食課題，我試著以其他的方式來轉移注意力。

去年我在手機上下載了幾款遊戲，簡單的遊戲機制，無須耗費腦力能憑直覺理解，我鍾情於這類遊戲，很快就能投入參與，比如：手指跳舞機、消除俄羅斯方塊、競速賽車。向來不擅操作複雜遊戲的我，對於戰略遊戲，敬而遠之，從前玩世紀帝國，只要站上了局，就是秒速被殲滅，尚未弄懂遊戲規則，馬上被敵方剷平。

比起這類的益智遊戲，我更喜歡充滿速度感的遊戲，除了能紓解壓力，也能強迫腦袋運轉。有朋友曾經這麼問過我，那真的有助於紓壓嗎？有時肌肉會因速度變得緊繃，也容易上癮，不過從遊戲設計上看來，既沒有暴力血腥、也沒有難以自控的課金花費、更沒有非得交流不可的無意義對話，完全適合用來消除壓力，雖然遊玩幾場過後，緊繃的神經，會變得有些疲憊，但是當你想要喊停的時候，馬上就能專注回到生活原狀，不會讓我們陷入幻夢。

睡前我會貪玩三十分鐘至一小時，不是每天都如此放縱，放假時，我會選擇玩得更久，我得說，這個遊戲真的很有趣，設計了許多遊戲模式，還有豐富的賽道關卡，透過升級裝備，讓車體速度加快，你能感受速度帶來的愉悅。記得有一次，我把手機借給室友玩，他越玩越激動、越玩越不甘心，賽局結束，他拿著我的手機，一臉恍然大悟看著我說：「這個，比想像中還難啊！」

我忍不住為他的表情大笑，「是呀！這個……真的比想像中難。」

賽制分為個人與團體，面對個人道具戰，講究速度、操作技巧，三不五時得注意後方追擊；團體道具戰，回歸類似祭司角色，只為輔佐夥伴更快前進。比起追求第一，我更優先考量如何讓團隊維持最前面的位置，從玩遊戲就能覺察自己性格，不執著於舞臺中心發光，卻又希望團隊能獲得勝利，玩遊戲也能找到自己的屬性。

雖然還無法說出「透過遊戲，已經克服進食」的問題，聽來也可能是貪玩的幌子，但比起不快樂就依賴進食消除痛苦的我，遊戲也好、追劇也好、補充睡眠也好，能夠說出「辦不到」的我，我認為那已是現在能做到的最多。

我想著，會不會有人與我相同，置身快速變動的新時代，面對無解的失眠，只能藉由遊戲、書寫，將難以描述的為難，透過其他形式消弭。

相信這些嘗試的記錄不會成為阻礙、也無需視為羞恥，總有一天，是能好好回看的痕跡。我曾遇過一些強勢的人，要求他人不該耽溺任何事物的說法，幾乎無一人例外。雖是為了對方著想的好意，卻忘了每個人都有自己選擇的理由，當所思所想出於自我意願，如何質疑，都是一個人的決定，知道自己為何而做、為何想要這麼選擇，那麼便無需花費更多時間，請求他人的諒解。

你的時間、你的觀點，無需建立在滿足誰的需求，當萬事萬物帶著核心思考出發，只要這麼想，就不怕外界的規勸與眼光，即使所有美好勸導，都是出於體貼，但我們很清楚地知道，這就是我們保有自我的紓壓方式。倘若有一天，這個遊戲即將消失，當時為此而做的動機，也不會化為烏有。你選擇了想要度過的生活，我認為那就是所有行動之中，最需要被珍視的動機，你的意願就是全部，不需要崇高的理由，你的快樂很重要。

溫柔有力量

日劇《舞伎家的料理人》裡，有一句我很喜歡的對白。

當百子對小董語重心長地說：「妳的嚴以律己是最棒的才能，但是那種嚴苛會讓人遠離。」我覺得自己的內心好像被撫慰了。

我的周遭，充斥著完美主義的人，自己更是其中之一，成長之路也因「完美」過得很辛苦。某日，我與醫師進行諮商，談及自己不喜歡被斥責，也不喜歡被嚴厲以待，面對那樣的場合，我會想要馬上逃離。比誰都追求完整性的我，習慣未雨綢繆，若遇到問題發生，我想我會是第一時間最難受的人，對於沒能馬上發現的不完美，我會感覺更愧疚、更自責。

這樣的性格，讓我在生活裡戰戰兢兢，方方面面更是不容易，我容易將他人的生活當作自己的責任，面對主管、夥伴、隊友，我對一切抱有期待，希望交付給我的一切，都能有收穫，但我忘記了，忘記每個人都需要被理解，理解萬物都是「多元」構成，多元不是以單一方式看待，而是理解你我擁有什麼，明白彼此都是不同的，需要放下齊頭式平等的思維，開創立足點的平衡。

百子對小董說的「嚴苛」是一種追求，追求萬物萬事，希望能夠獲得最好的結果。漸漸地，忘了自己也能試著鬆開手，讓他人擁有更多空間成長。我時常想著，原則都是人們建立的，而這些原則置於他人身上，也能根據「感受」來進行調整。待在小董身旁的季代，不只用料理為她應援，更是來負責提醒她，不要忘記作為一個溫柔的人。我一直很遺憾，自己在追求完美的過程，沒能遇見提醒我要溫柔的人，假使真的有人曾這麼提點過我，我卻未能真正弄懂，「溫柔以待」對一個人的成長來說，是多麼重要、多麼具有影響。

回歸到最原始的問題，為什麼討厭被斥責呢？只是因為我追求完美嗎？

醫師說，面對「正確」與「錯誤」，或許存在一把事實的尺，但是，我們已經是一個成人了，我們擁有能力透過言語理解，進行修正與接受錯誤，但為什麼會感覺害怕？我們下意識將對方的斥責（帶有情緒）視為自己的問題，他人的情緒是他的課題，我們不需要把對方的情緒也接過來反應。對方持續放任自己這麼做，而我們則是不斷承接反應，長久變成了一種惡循環，當對方以為這樣的方式可以影響到我的選擇、我的情緒，就會持續做出這樣的行為，讓我變得越來越自我否定。

事實上，我們感覺害怕的部分，並不是斥責這件事，拿掉斥責的情緒，應該要看見真正的課題是「害怕不完美」，這些影響，可能是來自我們的原生家庭。小時候你可能做一件事情，父母反應不如預期，反而是「為什麼你只有這樣？為什麼沒辦法達到我的期待？為什麼你不能表現得更好？」長期累積下來，我們為了做出超越父母期待，一直追求更好，只為了得到父母認同。孩童時，我們尚未長出完整的人格與認知，也容易因為父母的不滿足回饋，變得自卑、變得抵禦——成人之後，不知不覺也成了一個追求完美的人。

當我聽到醫師這麼說時，用力地點點頭，談論父母如何與我溝通，從前有哪些行為讓我感到受傷，當下我才明白，所有的言語都有力量，孩童人格尚未成形時，父母的一言一行，就像糖果與鞭子，深深地影響孩童的成長，我問醫師該怎麼做才能變得更好呢？他試圖給了我一些建議。

我們可以先釐清「自我使用指南」，對於喜歡、不喜歡，工作與生活原則，從前沒有機會好好與自己對話，對於自我人格很模糊，那間接影響了我們在選擇上的優柔寡斷，以及不確定程度。整理這份指南，不代表永遠不變，時時刻刻我們都與過去的自己不一樣，因此需要定時回看自我狀態，必要時，也能透過指南與他人產生對話，讓對方知道你的想法、你的現狀，幫助你共同釐清，也能為彼此畫出舒服的界線。

再者，也要練習「為自己長出力量」，他人帶著情緒談論事實時，必須切分事實跟情緒之間的界線，他人的課題，永遠不會是我們的責任，我們能夠練習保持自我，針對錯誤與正確的部分進行修正接納。面對萬事萬物，我們長出不被他人情緒波動的力量，那對我們面對恐懼會有幫助，降低我們感受害怕，而我們的力量，也可以是一種選擇。

如果你與一個人的相處，時時刻刻處於負面狀態，那麼你其實能夠練習為自己篩選適宜的人事物，當我們周圍擁有了力量，你也有機會蛻變成與過去截然不同的自己。作為一名嚴苛、追求完美的人，或許我們也曾帶有情緒地對待他人，不管是因情緒導致不安、抵禦，或是持續逃跑，一切皆源自我們沒有足夠力量與認知來支撐自我。醫師的提點，雖然已經為我釐清，但我想這個實踐的過程，依然需要不斷地自我提點、反省。

現在的我，還是很容易墜入低潮，但我會花點時間排解淚水，試圖在低潮裡長出力量，那股力量，我能從萬事萬物裡挖掘，可以主動與不舒服切割，不管是從書籍、歌曲、書寫、影像裡擷取獲得，我想，一定不會是毫無作用。就算過去的我們，走了很多不堪、不舒服的路，至少現在的我們，能拾起勇氣做出改變，有朝一日，我們可以不再是追求完美的小董，而是能成為給予他人溫柔的季代。

Role-Model

阿姨的再婚對象，擁有兩位懂事的女兒，母親偶爾會在假日的時候，要求我們去阿姨家叨擾，住進一個陌生的家，我本能感到怕生，也有些尷尬。起初有諸多不適應，隨著居住的次數增加，久而久之，越來越喜歡跟她們相處。

有段時間，我難以諒解母親的頻繁不在，分不清她是忙於工作，還是在大人的世界嬉遊，我不曾鼓起勇氣問她，只是常常被寄放在阿姨家。其中一位姊姊，總會在午睡時播放〈躺在你的衣櫃〉跟〈小步舞曲〉，當時的我，不知道這是來自誰的清澈歌聲，也不知道在那個年代，綺貞早已是一股清流。

長大以後，發現她的歌聲，總是流竄於特色小店之間，逛個書店，也能聽見廣播流洩出她的創作。知道她是從現場演出慢慢起步，不特別在媒體上亮相，保持自己的創作習性，多年以來，如是純粹。我記得朋友說過，有一次在捷運上遇到她，她安安靜靜坐在角落，朋友驚訝地看著她，彼此眼對眼，綺貞對她投以微笑，以食指放在嘴唇前，表示這是「秘密」的手勢，感覺她從未把自己當作特別的人，她就這樣融入人群，然後安安靜靜地生活著。

多年來，啟發我的書寫，不僅僅是她的音樂創作，影響我的生命很珍貴的一本書，正是綺貞的《不在他方》。她的文字讓我清楚窺見自己的渺小，透過她的創作，帶著我去世界體悟一趟生命不可承受的輕；她以攝影捕捉世界，讓我們藉由旅行的頓悟，理解他方的貧窮、差異、知足、和平。

她的創作，本身即是一場安慰，即使我並不了解〈躺在你的衣櫃〉裡所唱的深意是什麼？也不明白〈旅行的意義〉又是什麼？但單單只是聽著，就能使我心緒安定。當年與朋友聊起，她說「聽不懂她的歌詞」，我想那是因為我們還沒有陷入同樣的情境，文字與創作，必須在最好的時光，才能有幸讀懂，那過往不懂的，也因生命的厚度疊加，產生共鳴。

我膽小的對自己說
就是這樣嗎
我是你眼裡的太陽
也是你鏡子裡的驕傲
我問我　這世界是否一如往常
需要我在擁擠午夜發光

你是我　小心維護的夢
我疲倦的享受著
誰也無法代替的孤傲

——陳綺貞〈太陽〉

六月六日，是綺貞的生日，她的歌聲，安撫了我焦慮的靈魂。

每當感覺自己對世界失望，就會清楚知道每個人都活在自己的時區，不需在渾噩的世界過分張揚，好好感受創作的美好，任憑自己獨享。這個世界本來就會有人欣賞你、喜愛你、不理解你、厭惡你，那些都是出自「人」的感受。我們本是不同個體，所以不一樣很正常。

不過，就這麼安靜活著也很好，即使要對世界宣告，也要選擇舒服的方式，相信每個人所作的選擇，無論好壞，都是對生命負責的方式。世界太過嘈雜，生活的重量，日日都在不斷變化，迷路的時候，內心要有一個信仰。

無論你正在信仰什麼，你要相信，當你迷路時，你所憧憬的人們，真的能帶你抵達遠方，就像綺貞始終是我生命裡依賴的一盞燈——純粹，但是非常堅定。

謝謝妳的誕生，謝謝這個世界能擁有妳。

原點

我還是無法就這樣變得擅長，關於分散傷心與注意力。

不懂得如何霧裡看花，從中找到消散的道理，知道與不知道都存有悲傷，不如倒退時光，回到母親的羊水，聽著撲通撲通、尚未生成遺憾的心跳聲裡。

傾聽你的內在

書寫者，最常被問到的問題，不外乎是：「書寫，你們真的能靠那個活下來嗎？」

舉凡喜愛書寫的人，多數會遇到這樣的問題，當下我總想推薦大家去讀好友又津的《新手作家求生指南》，那本書滿滿記錄了寫作的真心話——是的，老實說真的沒有想像容易，從前的我涉世未深又天真，踏入之前，從未思考背後需要投注多少努力。懷有夢想的好處，是能心無旁騖努力實踐，讓我們無須分心想得太多，一生懸命朝著目標走，從此處至彼方，越來越能靠近想去的地方。

每週六，我會固定上女性的書寫課，與老師透過寫作談心，起初的想望是憑著書寫活下來，但老師說，書寫有很多層次，想以「純粹創作」活下來，這世上沒幾個幸運的人能實現，最終，我們都是書寫裡頭的服務者，為別人服務。

新時代裡「斜槓」一詞出現後，人們不斷大量濫用詞彙，有人深度探討斜槓身分應用，也有人說斜槓是一種未來趨勢。遠在這個字詞出現以前，我們每個人早已如此了，你我都是勤奮的斜槓者，斜槓定義之所以能夠在這個時代被熱烈討論，是世間終於為「自由」給出了肯定，當前方有跡可循，人們覺得心安理得，想著，這個時代不只有我，每個人都與我們一樣。

一樣，每一個人都希望一樣，只要按照大眾想像的走，就不會出錯。

如果你的生命裡也遭逢過「跟著大家走」的狀態，我不會說那樣不好，那是社會為我們開出的既定道路。我的成長經歷裡頭，確實也遭逢過這樣的矛盾與為難，思索讀什麼科系才有前途？想要書寫卻不得入其門？我究竟該選擇什麼職業才有好處？

先前專訪品牌 One-Forty 創辦人陳凱翔，畢業後，他沒有盲從大眾定義的美好出路，投身大企業追尋高薪，反倒為自己買了一張機票，飛出生命的舒適圈，他的內心有一些想要實現的事，哪怕模糊，也想藉由行動探索，為自己找到生命的答案。

面對生活，我想沒有人能給出一個「絕對」的回答，職涯與未來，都與我們的意志息息相關，人會經過一個又一個十字路口，必須一再為自己作出選擇，面對喜歡的事、不喜歡的事，需要不厭其煩地嘗試，有些事是你知道疼痛會不斷發生，卻還是願意重來一次，你接受了那些難受，雖然痛，卻快樂地活著，總結所有問題的背後，我想「意願」才是能不能養活自己的關鍵。

未知雖然可怕，卻也因為未知給了我們更多探索機會，從零走到一，再從一成長到一百，每個階段都有它的課題，生命若能拉長遠來看，我們正經歷各種碰撞與盛放，你的枯萎、你的燦爛，你無法為自己預測變得如何，於是「活著，活過，活了」——我們可以決定要怎麼活。

印度哲學家薩古魯說過：

如果你試圖要掌控明早可能出現的各種情況，那麼人生只會變得非常侷限，唯有當你確保無論遇到什麼情況，都不會出錯，你才願意踏出去嘗試。多數的人，因為害怕受苦，所以只願意邁出半步，但如果你擁有良好的自我管理，知道如何管理思想、情緒、身體、經歷，那麼就算墜入地獄又何妨？

如果自我管理良好，你就能自成一片天堂，去哪裡又有什麼關係？

我很喜歡薩古魯談「活著與幸福」，他總是不斷提醒我們，必須好好檢視內在自我，外界如何評價、如何批判你的追求，都是用來驗證我們內心真正渴望實現的事，打擊也好、懾服也好，最重要的不是我們擁有什麼，而是我們究竟想要怎麼活。

你若想要追求金錢，只要內在的你，是安心踏實的，那麼為了金錢而提升自我挑戰、翻越狹隘舒適圈，我認為那不是一件壞事。如果只是為了金錢，而忘記傾聽內在自我，不斷忽視疼痛，只為犧牲一切去得到，那麼最後粉身碎骨的人一定是自己，因為，你忘了善待內在的自己。

傾聽內在的聲音，有時比外在來得更重要，那並非要我們逃避現實可能遭遇的嚴苛，至少你朝著一個方向前進，堅定那件想實現的事，我相信只要願意信任內在的渴望與決心，你就能從模糊的狀態走到清晰的位置。這條進化之路確實漫長顛簸，不過，生命本是不斷向外擴充的過程，攤開內在，擁抱許多不擅長的事，你會漸漸被充滿、為自己而戰。

夢境

無法確保，會不會再夢到最熟悉親密的人？

不過，夢境給了我們重來的機會，終於可以兌現這些年的嫉妒與修復，不再只是孩子氣。看似無關的夢裡，卻也連結著潛意識的期望。如果「再見一次」是能夠好好練習輕放，是否腐爛過的傷口，也能稍微癒合一些了？

夢裡，有愛也有傷，如影隨形。

記憶好久了，久到忘記一個人當時多麼可惡、可愛、可恨，起伏的情緒殘留心上，幾乎連時間都無法要我們消去，明白有些人無法憎恨一生，也無法完好和解，曾是那樣把真心寄託在對方身上，而那種寄託，是給出彼此無可取代的東西，是瞬間，也是隕落。

夢裡，看不見你，我們背對背，躺在巨型的建築物，那是座透明玻璃打造的溫室，星光彷彿能穿透一切，映入我們眼簾。躺在那張不算柔軟的床，奇幻，卻有說不出的熟悉，雖然無法看見彼此的臉，但腦海浮現了過往畫面，那曾混著自我毀滅，磨損的、逃避的，必須耗時重建的自我。

我們沉默不說任何一句話，等待清晨到來，彷彿只要太陽從海平面升起，就能原諒對方犯錯的一切，但我知道的，因為是在夢裡，所以一切都是虛無。夢境裡，不曉得為什麼，我感覺好安心，知道你寡言的性格依然不變，好似過往的我們，並沒有被時間覆蓋。

雖然現實的維度，讓我們在各自的時間軸，前進了好長一段日子，夢境裡的我們，沒有捏造任何對白，你的存在、你的側臉，依然那麼地真實，我從未想像有朝一日能透過夢境重新撫觸傷口，雖然受傷的位置還在隱隱作痛，也還有些難受，但我知道，我已走進了無情無感的練習之間。

有些不快樂，比表面看見的傷口更難癒合，我知道這輩子除了當事者，不會有人比自己更理解那些傷有多痛，旁人更不會有資格要一個人別傷心，每當周遭的人反覆斥責、催促我們盡快痊癒，我便能強烈地感受到人們的置身之外。

傷心終究是自己之外，沒有人能強硬地要它癒合，那些堆在喉間的自我告解，重複又重複，直到溶解，直到剝落，一切都是和解的儀式。

如果有一天能再遇見，靜定安穩地凝視彼此，我會慶幸傷口凍結，終於要迎來春天。希望我們能在夢境中，好好接納當時的不理智。如今透過夢境，毫無保留地給出愛、接受愛、擁抱愛，讓當時的我們，沒有懸念地寫下溫柔的結局。

讓夢可以是夢，讓自己能回到自己，讓我們在重逢以前好好練習，把所有傷心都留在夢裡。

夢，遠比我們想像的要更溫柔慷慨。

寫一封告別的信

我覺得人都是傀儡，不知道自己是誰，只是一直在演戲的傀儡，也許從某個角度來看，那些過得健康又開心的人，說不定只是選擇不去糾結這些疑問，再用「人生就是這樣」的謊言妥協，我絕不妥協，我不要死後再去天堂，我要活著見到天堂。

——韓劇《我的出走日記》

你是不是偶爾也會覺得生活好困難？

日復一日，如何作出不悔的選擇，生命途徑，信仰裡沒有答案，為求提前對世界告別，我偷偷寫下一封信，這聽來或許有點瘋狂，卻很真實。如果有一天複習這封信，我可能會謝謝當下的自己，因為我們永遠不知道，自己會在什麼時間點就再也無法留下痕跡了，此刻能提前預約一封信寫給未來，我很幸運。

親愛的，希望有一天我們都能成為有餘裕的人，每年透過寫一封信給自己，用以釐清自己的生活狀態。

我不確定那時候的我，已是完成了多少作品、寫過多少的字、成為怎麼樣的人了？是不是學會了不再拚命滿足他人的期待、懂得好好打理自己？又或者，成為一個能放下完美主義，甘願對自己溫柔的人了？又會不會，比從前理解愛與被愛，不再害怕被丟棄，也願意活在當下了？

妳還記得嗎？那個曾在醫師前哭啼的自己，不知如何好起來的模樣，現在想一想，妳已經往前走了一大步呢。親愛的，妳願意好好擁抱自己一下下嗎？這些時日的付出，妳為自己證明了——曾經被命運遺棄的孩子，也能憑著自己的力量勇敢走到這裡。

從前從前，不知道怎麼訴說的真相，還沒有長出勇氣，至少我們活在信念裡，妳的獨特、妳的勇敢、妳的踏實、妳的恐懼、妳的不甘心、妳的逃避、妳的所有……全都存放在交集過的人們的記憶裡，永恆像一張手寫的信，雖然會隨時光泛黃，卻不會真的消失，就算記憶漸漸失去了清晰的輪廓，還是能守護不被遺忘的The Moment，那就是我們不斷為自己書寫、為自己烙下的意義。

如果有一天，還是覺得自己不夠好，請不要害怕，瑕疵不會永遠存在，也不是非要乾淨無瑕才能向前走。生命的顏色，是能為自己點綴，無論是滴入幾滴黑色，混入半匙的白，大大的、小小的，完美裡頭擴散著不完美，那也是最特別的，慶幸妳成為了獨特的妳、成為了獨特的我。

我跟妳住在同一個身體裡，只是現在的我，成為了過去的妳。聽起來很不可思議，對嗎？我知道現在的我，還有未來的妳，又會有些不一樣，不管是哪個時刻的我們，我還是我，妳還是妳，這些事實都不會改變。所以，讓我們暫時放下憂慮，所有的正確，將會是由無限錯誤疊加而成，而所有的錯誤，也是由無限個正確組成，不管哪一種方式，都將讓我們成為我們。

親愛的，明天醒來，地球會與日常一起旋轉，可能幸福、可能悲傷、也可能失眠、又或者進入美好的夢境。雖然我們無法決定明天的天氣、溫度、他人的耳語，所有你不想面對的一切困境，但請你一定要記得——好好生活。只有這件事，永遠能由我們親自決定。

你的幸福是由自己的心決定，與生活一樣，沒有人能把你趕走，你永遠都能待在自己的身旁，你是你自己的，永永遠遠都是。

219

又是美好的一天

後記

書寫這本書，生活遇到瓶頸，每日都在工作與創作的交界點，十分艱辛掙扎。

當生活的專注分給了工作，就容易失去對書寫的掌握，那是一個難以轉換的折騰，過程確實難受，但也謝謝這段時間，沒有停下書寫的自己。那看似對生活失去了掌握，卻是在學習拿回生活的主控權。

這個過程之中，我最想謝謝陪著我一起努力完成創作的總編輯婷婷。好喜歡她以安穩、有力量的形式為我打氣，她的溫柔，總為我帶來許多堅定。多年前的我，可能沒有辦法以這樣的型態被支持，過去的我總是那麼軟弱、那麼需要被肯定；多年後的現在，不曉得脆弱的心態，是否變得強韌一些？老實說，截稿前夕坐在電腦桌前，看著稿件與時間不足，一度潸然落淚，那是種很茫然煎熬的過程，心裡浮現的滿滿念頭是：「我還不是一個成熟的書寫者。」

如果要「以終為始」去思考結果，我大概是失敗了，沒有以穩定的方式走到終點。

負面的想法，充斥我的腦海無數次，幾度想半途放棄，但我選擇反覆調整，練習於有限之間，以舒心的方式完成創作。我決定，分批分批寫完，每小時、每分鐘，穩定情緒、穩定自己，一字一句，從時間倒推，掌控書寫時間，當我陷入靈感匱乏，就試著停止下來，為自己沖杯拿鐵、吃點甜點、看點影片；若想轉換情緒，那就聽一首歌、點一盞香氛蠟燭，盡其所能地調適創作上的精神狀態，讓自己保有安穩產出。我希望，我能成為一個有力量的創作者。

無論如何，我依然不願被現實打敗，想繼續兼顧創作和工作，想為理想生活書寫，也想為社會議題、自我成長而努力著。我知道，這將會是一個鍛鍊心智的過程，如同我在這本書，談及生命裡遇到的種種課題，面對摯愛、事業，更甚至轉譯了他人的故事，我想用這些片刻，好好記錄無可取代的時光，過往從他人身上汲取到的能量，我想把這些收集起來，變成筆下的紀念，這份心情，對比青春之時更專注書寫情感的我，似乎又前進了一些些。

過去一年，我想誠實說，自己遭逢了相當困難的狀態，墜落很深的黑暗，幾乎日日淚以洗面、難以呼吸，懷著滿身絕望前行，面對一個又一個令我心碎的現實，卻也同時被自己的文字所救贖。那是一個相當奇妙的生命旅程，文字總是用無以名狀的形式，回歸到我們生命，為我們帶來希望。活著，或許是為了更加理解無常，是一生不得不去面對的課題，而我真心希望這本書，能為迷茫的你，帶來一些力量。

生活很難，擁抱尖銳的自己更難，想要實現理想更是不易，有時你會感覺苦痛矛盾，想要逃避一切，但我相信，堅韌的心，是從每次苦痛裡長出的力量，如果有一天，你能從不舒服的狀態，變得不再那麼難受，我想，你已逐漸長成有能力安穩一切的人了。

許願這本書能為你的生活，帶來小小的改變、小小的幸福。

最後，我想謝謝皇冠出版社團隊，謝謝總編輯婷婷、編輯維鋼、企劃雅方，謝謝協助這本作品誕生的每位推手，謝謝讀者，謝謝女人迷，謝謝青色髮廊，謝謝 MIESTILO，謝謝陪著我前進的每一個人，也想謝謝——從來沒有在生活裡放棄的自己，謝謝妳，謝謝妳還好好地待在這裡。

我認為能夠「好好的」，就是最靠近自己的生活方式了。

國家圖書館出版品預行編目資料

生活是有恃無恐 / 黃繭著. -- 初版.
-- 臺北市：皇冠, 2023.06
面；公分. --(皇冠叢書；第5090種)（有時；23）

ISBN 978-957-33-4033-1（平裝）

863.55　　　　112007702

皇冠叢書第5090種

有時 23

生活是有恃無恐

作　　者—黃　繭
發 行 人—平　雲
出版發行—皇冠文化出版有限公司
台北市敦化北路120巷50號
電話◎02-27168888
郵撥帳號◎15261516號
皇冠出版社(香港)有限公司
香港銅鑼灣道180號百樂商業中心
19字樓1903室
電話◎2529-1778　傳真◎2527-0904
總 編 輯—許婷婷
責任編輯—蔡維鋼
行銷企劃—鄭雅方
美術設計—吳佳璘、李偉涵
著作完成日期—2023年2月
初版一刷日期—2023年6月

法律顧問—王惠光律師

讀者服務傳真專線◎02-27150507
電腦編號◎569023
ISBN◎978-957-33-4033-1
Printed in Taiwan
本書定價◎新台幣340元/港幣113元